くされ縁の法則6

蒼眸のインパルス

吉原理恵子

15085

ビー文庫

目次

蒼眸のインパルス　五
あとがき　二二六

口絵・本文イラスト／神葉理世

＊＊＊＊　プロローグ　＊＊＊＊

ランチタイム明けの五時間目。

その日、沙神《さがみ》高校体育館の人口密度はいつもの倍増しであった。

本来ならば、三年五組&六組男子の合同体育はグラウンドでソフトボールの予定だったのだが。あいにく、外は雨。それで、急遽《きゅうきょ》、体育館でバスケットボールをやることになった。

――と、いっても。正規の授業で体育館を使っているのは二年生であるからして、早々と可動式ブルーネットで仕切ってフロアの半分は確保したものの、まさか三年生と体育館を分け合うことになるとは予想もしていなかったらしい二年生の困惑《こんわく》に満ちた視線に曝《さら》されて、五組の体育委員である黒崎一輝《くろさきかずき》としてはちょっとばかり肩身《かたみ》は狭《せま》い。

そんな中。

「おい、黒崎。チームの割り振《ふ》りはどうする?」

六組の体育委員である和泉瑛人《いずみあきと》は、バスケのことなら男子バスケ部主将の黒崎に任せておけば大丈夫《だいじょうぶ》だと思っているのか、のんびりと問いかける。

「ゴチャ混ぜでいいんじゃないか？」

「そうだな。こんなときまでクラス対抗戦《たいこう》じゃ、面白《おもしろ》くないよな」

だからといって、好きにチームを組めとクラスメートに丸投げすれば、気の合う者で固まるか、あぶれた者同士くっつくか……。あれやこれやで時間を食うのは目に見えている。それを思えば、

「六組《そっち》と五組《こっち》、名簿《めいぼ》順のクロスで五人一チーム。それで、どうだ？」

とりあえず、体育委員の権限で仕切れるところはキッチリやってしまった方が無駄《むだ》がなくていい。

「いいぞ。それなら、誰も文句は言わないだろ」

名簿順という縛《しば》りがある以上、チーム力の差はそれこそ『運』まかせだ。

「時間は？」

「十分間のミニ・ゲーム」

限られた時間内で集中力を切らさずにスピーディーなゲーム展開をやるなら、それくらいが妥当《だとう》だろう。

「十分か。けっこうテンポ速いな」

「トーナメントだと、そのくらいだろ。コート二面でやるなら、もうちょっと長めでもいけるけどな」

毎日がハードな部活浸《づ》けである黒崎的には、十分間のミニ・ゲームなどウォーミングアップにもならない。

「ゲッ。そりゃ、ハードだろ。休むヒマねーじゃん」

「五分間のインターバルを入れればやれるぞ」

「ムリ、ムリ。そりゃ、パンピーの非常識」

パンピーの非常識……。

竹刀《しない》を持たせればガラリと性格が変わる和泉に面と向かって『非常識』呼ばわりされると、なぜか妙《みょう》にグサリとくる黒崎だった。

「一面でいいって」

和泉にとって、予定外のミニ・ゲームは所詮《しょせん》『お遊び・モード』でしかないのだろう。

「審判《しんぱん》は？」

「基本、佐々木《ささき》先生に任せるとして。ボール・キーパーと得点係に次のチームから二人ずつってトコだな」

「おまえは？　交ざるのか？」

たとえ『お遊び・モード』であっても、ゴール下のダンプカーの異名を取る黒崎が交ざれば勝負《ゲーム》にならない——と、しっかり顔に書いてある。

ことバスケに関する限り『手抜《てぬ》き』とはいっさい縁《えん》がない黒崎なので、公平を期すために、ここはひとつ審判に徹《てっ》した方がいいのだろうか……と。黒崎自身、思わないではなかったが。

「佐々木より、おまえがホイッスルを吹《ふ》いた方がみんな納得《なっとく》するんじゃねー？」

何より、バスケ部主将の肩《かた》書きがモノを言う。更《さら》には、体格的にも面構《つらがま》えでも、爽《さわ》やかイケメン教師の佐々木よりも黒崎の方がずっと迫力《はくりょく》がある。

「反則をどこまで取るかによるけどな」

「テキトーに流せよ。ミニ・ゲームなんだから」

つまりは、審判云々《うんぬん》ではなく、黒崎が交ざらない方がゲームとしては面白い。和泉はそう言いたいのだろう。

「まっ、いいけど？　俺がやっても」

「その方が、みんなやる気になる」

明け透《す》けにそれを言われると、黒崎としても、なんだかなぁ……だったが。ゴール下で黒崎が踏《ふ》ん張っている限り、相手チームに得点は入らないのは目に見えている。

いや。たとえお遊びといえど、ド素人《しろうと》相手に点を入れられる方がもっとムカツクに違《ちが》いない。あまりにも実力違いなのは、誰の目にも一目瞭然《りょうぜん》。黒崎が出てくるだけでやる気が削《そ》がれてしまえば、ゲームにもならないだろう。

「ンでもって、最下位チームは罰《ばつ》ゲームで後片づけ……ってのは、どうだ？」

「罰ゲームって、おまえ……」

まさか、和泉がいきなりそんなことを言い出すとは思ってもみなくて、さすがの黒崎も半ば唖然《あぜん》とする。

「そんくらいのオプションを付けた方が盛り上がるだろ？」

ニヤリと、和泉が笑う。ストイックな風貌《ふうぼう》の剣道《けんどう》部主将は意外に食わせモノである。

（どっちが非常識なんだかなぁ）

たかが、ゲーム。

されど――ゲーム。

ミニ・ゲームに勝敗以外のオプションが付くとなれば、そりゃあ、やる気もグッと派手に燃え上がるだろう。授業が終わったあとの貴重な十分休みを割《さ》いての後片づけとくれば、特に。

だが。クラス代表の体育委員といえども、一応正規の授業にそういうオプションを勝手に付けるのはいかがなものか……。チラリと頭を過《よ》ぎるそれを、

「じゃ、そういうことで」

和泉はサックリと無視してくれた。

（砕《くだ》けすぎだろ、おまえ……）

黒崎のため息とともに。

――と。

「ところでさ。なぁ、黒崎」

何を思ってか。いきなり、和泉は声を潜《ひそ》めた。

「なんだ？」

釣《つ》られて、黒崎のトーンもわずかに低くなる。

「ぶっちゃけ、聞いていいか？」

「……何を？」

「どうなってんだ、あれ」

これ見よがしに視線で名指すその先にクラスメートである……というよりも学年差を超《こ》えてその『顔』も『名前』も知らない者はいないだろう生徒会執行部《しっこうぶ》会長、藤堂崇也《とうどうたかや》がいた。

――いや。

正確に言えば、和泉の言う『あれ』が藤堂個人を名指したモノでないことは明白である。黒崎が、すぐにそれと気付くくらいには。

それが証拠《しょうこ》に、普段《ふだん》ならば五時間目が始まるまではいまだ昼休み感覚であって、当然のことのようにざわついているはずの体育館内は、なぜか不気味なほどに静まり返っていた。雨の日の午後ということで、結果的には予想外の、三年と二年の合同体育になってしまって館内の人口密度は倍増しになっているというのにだ。

最初から、そうだったわけではない。

藤堂がブルーネットの向こう側に歩いていったあたりから館内が別の意味でざわめき始め、

三年《こちら》も二年《あちら》も同じようにざわつきがトーンダウンした。

そして、今。すべての視線が一ヶ所に集中しているといっても、決して過言ではない。それも、今更《いまさら》なのかもしれないが。

「藤堂って、やっぱ、そうなのか？」

——何が？

などと、あえて問い返すまでもない。

生徒会執行部が何かとお騒《さわ》がせの『沙神高校のトラブルメーカーズ』と呼ばれる二年生三人組のシンパであるとは、もっぱらの噂《うわさ》である。もっとも、新館《上級生》校舎と本館《一年生》校舎ではその温度差も凄《すさ》まじいが。

「なんか、意外な取り合わせっぽくもないんだけど」

ことさらに含《ふく》むモノはなさそうだが、和泉の言いたいところは充分《じゅうぶん》すぎるほど黒崎にも伝わってくる。

なにせ、突《つ》き刺《さ》さる視線をものともせずに平然と言葉を交《か》わしている相手が相手だ。

(杉本《すぎもと》って、やっぱ大物食いだよな)

改めて実感する。当の本人は、ソッコーで否定するだろうが。

それもまぁ、偶然《ぐうぜん》の成り行きというか、こんな雨の日でもなければ滅多《めった》に見られない光景であることには間違《まちが》いない。

同級生であっても、まともに藤堂と視線を合わせるだけで気後《きおく》れする者がいる。

藤堂がクラスメートを見下しているとか、常日頃《つねひごろ》の態度が傲岸不遜《ごうがんふそん》とか、そんなことではない。ただ……藤堂の基本は、たぶん、

『能ある鷹《たか》は爪《つめ》も隠《かく》さない』

――なのだろう。

自分の言動に自信があるから、迷わない。

芯《しん》がブレない。

無駄《むだ》に揺《ゆ》らがない。

だからこそ。周囲に対して、堂々と自己主張できるのだろう。

一年のときから総務に籍《せき》を置き、しかも成績はベスト3を常にキープし続けて今現在は生徒会執行部会長。そんな勝ち組の王道の最先端《さいせんたん》を突っ走っている感のある藤堂に、訳もなく苦手意識を持っている者は少なくない。

しかも。体育会系ではないのに、やたら体格がいい。その上、ワイルド系美形《イケメン》――と言われる眼力《めぢから》が半端《はんぱ》ではないのだ。

藤堂との体格差をものともせず、醸《かも》し出す迫力に負けず、しかも何ら遜色なくタメを張れるのは執行部副会長である鷹司慎吾《たかつかさしんご》くらいなものだろう。

……と、黒崎は常々思っていたのだが。

変に臆《おく》したところもなく、なにやら微笑《びしょう》さえ浮かべて藤堂と和《なご》やかに会話をしている杉本哲《てっ》史《し》は、やはり、只者《ただもの》ではない大物だった。

「……つーか、まるっきり違和感《いわかん》ねーよな」

だから、視界にしっくりと収まるイメージ感が——だろう。

哲史と藤堂の取り合わせが『意外』だと言いながら、同じ口で『違和感』のなさを強調する和泉の、いつにない戸惑《とまど》いが透けて見えた。

「杉本、最強のパンピーだから」

言ってしまえば、それに尽《つ》きる。

すると。和泉は、やけに深々とため息を漏《も》らした。

「何？」

「いや……。スゲーなと思って」

「——何が？」

「その一言で杉本を括《くく》ってしまえるおまえの太っ腹が」

「はぁぁ？」

「やっぱ、ただの常識外れって言うより、桁外《けたはず》れな天然を部活の後輩《こうはい》に持つと大変そうだなと思って」

その桁外れな『天然』……市村龍平《いちむらりゅうへい》を頭に思い浮《う》かべて、思わず黒崎はため息をこぼす。

「苦労してんなぁ、黒崎」

茶化しでも皮肉でもなく、和泉はしみじみとそれを口にする。

「まっ、それだけの価値はあるけどな」

ただの負け惜《お》しみではなく、だ。その意味を正しく汲《く》んで、

「今どき裏表のない天然素材なんて、希少価値もいいとこだよな」

和泉は口の端《はし》で笑った。

希少価値ゆえの気苦労が絶えないのも、事実だが。しかし、それすらも、哲史の足元にも及《およ》ばないことを黒崎は知っている。

バスケ部主将としての自負は、もちろん、あるが。部活外――普段の龍平の天然ぶりはある意味重すぎて、正直な話、黒崎の手には余る。

今更のように、そんなことをつらつらと考えていると。

「あーゆーのも、やっぱ才能って言うんだろうな」

視線を件《くだん》の二人に戻《もど》して、意味深に和泉が言った。

「才能？」

「普段はダダ漏れになってる藤堂の威圧感《いあつかん》が、いいふうに中和されてるっていうか……」

ダダ漏れの威圧感……。言い得て妙《みょう》ではある。

「鷹司とのツーショットは傍迷惑《はためいわく》にオーラ倍増しで声を掛《か》けにくいっていうか、周囲を拒否《きょひ》る

っていうか、そういう雰囲気《ふんいき》あるだろ?」

否定は、しない。

藤堂も鷹司も、ピンで立っても目立ちまくりだが。二人のツーショットともなれば、その個性が相殺《そうさい》されるのではなくグレードアップしてしまうのだ。そういう視界の悪目立ちを、和泉は『拒否る』状態だと言っているのだった。それも、いいかげん慣れたが。

「けど、杉本が相手だと藤堂がただの高校生に見える」

見えるも何も、藤堂はただの高校生……なのだが。哲史=中和剤《ざい》という和泉の説には、違和感なくすんなりと納得《なっとく》できてしまう。

「杉本の場合、それってキッチリ限定されてるモンだとばかり思ってたけど。そっか……そういうわけでもないんだな」

和泉が頭の中で思い描《えが》いているだろうその『特別限定』の顔を、当然のことのように黒崎も思い浮かべる。

超絶美形のカリスマ——蓮城翼《れんじようつばさ》。

天然脱力《だつりよく》キング——市村龍平。

以心伝心というより、沙神高の生徒であれば、誰であってもあの二人の名前と顔しか浮かばないだけのことなのだが。

なにしろ。仲が良すぎて、

『おまえら、高校生にもなってそれってどうよ？』

呆然《ぼうぜん》絶句。

小学校からの幼馴染《おさななじ》みといえど、その言動たるや、

『マジであり得ねーだろ？』

ある意味、

『視界の暴力』

——以外の何ものでもないので。

どこもかしこもチマッとした哲史の小作りな外見からは、まったく『大物』の片鱗《へんりん》も窺《うかが》えないのだが。和泉が言うところの『才能』は幼馴染みの二人組相手に、その効力は最大限に発揮されていると言っても過言ではないだろう。

裏を返せば、そのせいでトラブルはいっこうに絶えない。哲史が最強のパンピーであることは周知の事実だが、その『最強』の意味を読み違《ちが》えるバカがあとを絶たないからだ。

哲史にしてみれば、トラブルの100%は明後日の方向から強引《ごういん》に降りかかってきた火の粉以外の何ものでもなく、その傷口をド派手に抉《えぐ》って三倍返しにしている元凶《張本人》は別にいるのだから始末に負えない。

もっとも。その『三倍返し』の論理はしごく明確で、シバき倒《たお》された連中に同情する者など誰もいなかったが。

トバッチリもここまであからさまだとタチが悪すぎて、さすがに、黒崎も同情を禁じ得ないが。どうやら、哲史的にはすでに憤激《ふんげき》を通り越して達観の境地なのだろう。

それも、

『金持ち喧嘩《けんか》せず』

――ではなく。

『バカと同じレベルで喧嘩したくないだけ』

――らしい。

だとすれば、あの三人組の中では唯一《ゆいいつ》の常識人と言われている哲史の本質も、両極端《りょうきょくたん》に弾《はじ》けきっている双璧《そうへき》に負けず劣《おと》らずなのかもしれない。

「俺的には、藤堂って、鷹司とは違って一歩……いや、三歩くらいは引いてるように見えたんだけど」

「そりゃ、藤堂だって、執行部が特定の人物に肩入《かたい》れしてるなんて思われちゃ心外もいいとこだろ」

公明正大であるべき執行部会長としては痛くもない腹を探《さぐ》られて、とんだトバッチリの踏《ふ》んだり蹴《け》ったりに違いない。

「男バスと違って、か？」

バスケ部――と言わずに、あえて『男子部』と限定しているところに、今現在のバスケ部が置かれている状況《じようきよう》が如実《によじつ》に物語られている。

実際、今回の騒動《そうどう》の元凶《げんきよう》になってしまった一年部員のいる女子部とはビミョーな距離感《きよりかん》ができてしまったのは事実だ。

ハッキリ言ってしまえば。翼が本館校舎に乗り込んで親衛隊をシバき倒したときにはまだ対岸の火事程度で黒崎も余裕《よゆう》だったが、龍平が『絶対に許さない』宣言を叩《たた》き付けた時点で、男子バスケ部はすでに傍観者《ぼうかんしや》ではなくなってしまった。まぁ、それも今更《いまさら》だったが。

「肩入れする余裕なんかねーよ。今回は、ズッポリと当事者だからな」

たとえて言うなら。男子部主将としては『前門に虎《とら》、後門に狼《おおかみ》』という気分である。

しかも、女子部主将の白河遥奈《しらかわはるな》には見当外れの頼《たの》み事をされてしまう始末で。さすがに、それればかりは断固拒否させてもらったが。

「そこらへんの顚末《てんまつ》は、どうなんだ?」

控《ひか》えめながらも、好奇心《こうきしん》を隠《かく》そうともしない和泉だった。

それを聞きたいがための前振りに藤堂の名前を出したわけではないだろうが、話の流れで必然的にそうなったとしても無理のない展開ではある。実際、目と鼻の先で、藤堂と哲史が二人して親密な雰囲気で語り合っているのを見れば、どうやったって好奇心はチクチクと刺激《しげき》されるだろう。

それにしたって。例の一年五組の緊急《きんきゆう》クラス会のあと、同じような台詞《せりふ》を何回聞かされただろうか。

さすがに、玉砕覚悟《ぎょくさいかくご》で当事者に話を振《ふ》る根性《こんじょう》はないらしいが。だからといって、

(なんで、それを俺に聞く?)

――というのが、黒崎の本音だ。

緊急クラス会の結末。

一クラス丸ごと不登校をやらかしていた五組の生徒たちがそれをキッカケに一人として欠けることなく再登校をしているのだから、その結末としては結果オーライには違《ちが》いないのだろうが。いったい、保護者との話し合いでどういうふうな決着を見たのか。それを知りたいのは黒崎も同じだ。

男子部と女子部の違いはあれ、緊急クラス会の龍平《オブザーバー》と一年部員《元凶》というガチンコな構図を見れば、とても余裕など気取ってはいられない。その後、新たに噴出《ふんしゅつ》した『ゲタ箱レター』の真相もいまだ語られない状況が、更《さら》に拍車《はくしゃ》をかける。

ハッキリしない。

スッキリしない。

何となく不完全燃焼……。

なんで?

どうして?

満たされないフラストレーションだけが、澱《おり》のように溜《た》まっていく。そんな不満を抱《かか》えている者は多いだろう。

だからといって、知る権利を声高《こわだか》に口にもできない。権利を主張するには自己責任という代価が必要だからだ。

哲史絡《がら》みのトラブルでは特に、とてつもなく高い代償を無理やり支払わせられるのは、もはや常識中の常識だった。

なのに。どうして皆《みな》は、黒崎がその『答え』を知っていると思うのか。

(それって——おかしいだろ?)

黒崎は、そう思うのだが。オブザーバーとはいえ限りなく当事者に近い龍平がバスケ部員であり、別口で同席していた藤堂がクラスメートということもあってか、黒崎にその質問を振ってくる連中はあとを絶たなかった。

「あいつらが、そんなこと、ペラペラしゃべるように見えるか?」

そのたびに繰《く》り返す返事も、いいかげん口タコになってしまった。

『のんびり』

『ゆったり』

『まったり』

普段《ふだん》の龍平を語る三要素といえば、それに尽《つ》きるが。ユルいのは性格と口調だけで、無駄《むだ》に饒舌《じょうぜつ》そうに見えてもその口はけっこう堅《かた》い。

あの独特なまったりしゃべりは、実は、そのためのカムフラージュなのではないか。実際、そんなふうに勘繰《かんぐ》りたくなるときもある。

なにせ。真摯《しんし》に本音を語るときの龍平は、翼に負けず劣らずトーンが激変するからだ。それはもう、心臓にズクズクくるほどに。

今までは、それもバスケ部だけの暗黙《あんもく》の了解《りょうかい》ぎみなところがあったが、今回のことで一気にモロバレになってしまった。

『一番好きなのはテッちゃん』

常々、それを公言して憚《はばか》らない龍平だが。それでも、龍平の人気が無駄に下降することはない。龍平の『好き』は、即《すなわ》ち、揺らがない『信頼《しんらい》の絆《きずな》』と同意語であることを皆が認めているからである。

片や、藤堂は。見た目、そのまんま……である。龍平とは別口で付け入る隙《すき》がない。口で互《ご》角《かく》なのは、たぶん鷹司くらいなものだろう。

「見えねーけど、そこはバスケ部主将の権限とクラスメートの特権で、なんか聞いてるんじゃないかなぁ……とか？」

「——無理」

簡潔に一言言い放って、黒崎は和泉を睨《にら》む。

「はぁ……そうですかい。おまえでダメなら、まっ、どうしようもないってことだよな」

それも、耳タコに近かったが。

「俺よりも、鷹司に聞いた方が早いんじゃないか？」

「ダメダメ。あー見えて、鷹司ってけっこうなタヌキだから」

タヌキ……？

ともすれば『男装の麗人《れいじん》』的な白河よりも言動や所作がはるかに優美に見えるあの鷹司を、オフレコとはいえ名指しで腹黒《タヌキ》呼ばわりできる豪傑《ごうけつ》な和泉に、黒崎はわずかに口の端《はし》を引きつらせる。

藤堂は反論を容赦《ようしゃ》なく理詰《りづ》めの正論でねじ伏《ふ》せるタイプで、逆に鷹司はニッコリ笑って遠回しに丸め込んで反論を懐柔《かいじゅう》する。だからこそ、今期の執行部は無敵だと言われているのだが。

この件に関する限り、藤堂も鷹司も無駄口《むだぐち》はいっさい叩かない。

いや……。

口さがない噂話《うわさばなし》などに加担する気はない——とでも言いたげに、好奇心丸出しで寄ってくる者を無言で威圧《いあつ》する。剛《ごう》と柔《じゅう》、両極端《きょくたん》な眼力でもって。

当事者も。

オブザーバーも。

保護者も。

教師も。

この件に関しては、なぜか異様に口が堅い。チラリとも漏《も》れてこない本音の裏側に、いったい何があるのか。

何も……ないのか。

——どうなのか。

考え出したら、それこそキリがない。

黒崎的には、学校主導の緊急クラス会をやったのだから、その事後報告くらいはきちんとやるべきではないかと思うが。もしかしたら、

『何を』

『どこまで』

『どの程度』

オープンにするべきか。

本音、と。

建て前、と。

——現実。

そのボーダーラインが微妙《びみょう》にネックだったりするのかもしれない。

「けど、さ。杉本って、出しゃばらないのに集団に埋没《まいぼつ》しないっていうか……。過激に自己主

張してるわけじゃないのに変に悪目立ちするっていうか。あれって、ホント、どういうんだかなぁ」

やけにしみじみと、和泉がそれを口にする。

ゴクゴク普通《ふつう》の一般《いっぱん》生徒なのに、最強。

こんなことを言っては、悪いが。龍平のように誰もが認める特出した才能に秀《ひい》でているわけでもなく、翼みたいにハッと目を惹《ひ》くほどの容姿に恵《めぐ》まれているわけでもなく。いや……それどころか、はっきり言って、何もかもが小作りめいた体格は高校男子としては平均値を下回っているかもしれない。

なのに、彼は『最強』なのだ。

なぜなら。杉本哲史は、超絶《ちょうぜつ》美形（だが、視線ひとつで周囲を凍《こお》らせるほどの完璧排他《かんぺきはいた》主義者）のカリスマ様と、絶品笑顔《えがお》で女生徒を魅了《みりょう》する男子バスケ部のエース（なのに、言動に問題大ありの天然脱力《だつりょく》キング）という両極端に弾けきっている双璧《幼馴染み》を両腕《りょううで》にまとわりつかせて平然と歩けるという希有《けう》な逸材《いつざい》だからだ。

そんなことは、誰にでも簡単に真似《まね》できるモノではない。

しかし。そういうずっしりと重くのし掛《か》かるプレッシャーなど微塵《みじん》も感じさせないほどに、彼があまりにもごく自然体でそれをやってのけてしまうものだから、周囲の者たちはすっかり読み違《ちが》えてしまうのだろう。

彼の為人《ひととなり》を。

その――本質を。

黒崎も、読み違えた内の一人だったが……。不幸中の幸いと言うべきか、ある事件をキッカケに目からウロコ――になった。

それで思ったのは、人間というのは視覚優先の生き物で、第一印象という情報の刷り込みはバカにできないということだった。

しかも、思い込んでしまうとやたら修正が難しい。

自分ではしっかり見ているはずなのに、ちゃんと見えているはずなのに、無意識のフィルターがかかってきちんと見えなくなってしまう――ものらしい。

噂《うわさ》や伝聞ではなく、自分自身の目で確かめたモノが真実。それはそれで正しいことなのだろうが、ヴィジュアル優先でかえって錯覚《さっかく》してしまうこともあるのだと。

あからさまなヤッカミも。

ある意味、露骨《ろこつ》すぎて目も当てられない嘲笑《ちょうしょう》も。

様々なバッシングも。

哲史はサラリと受け流す。何の気負いもなく、ごく自然体で。

現実問題として、女生徒の理想を具現化する王子様――と言われる龍平の真実の姿（だから、世間様で言うところの一般常識が通用しない男）を日々実感させられているバスケ部主将の黒崎としては、あの天然ぶりを無駄に暴走させることなく掌《てのひら》で器用に転がせるだけで、すでに尊敬モノであった。

もっとも。その、さりげない余裕《よゆう》が小憎《こにく》らしくてならないらしいごく一部の男どもにとっては常に天敵モードになっていることも事実だが。

『沙神高校の最強パンピー』

その通り名は、今や沙神高校の常識である。よくも悪くも、その存在を際立《きわだ》たせずにはおかないくらいに。

(そういえば、藤堂がやたら意味深なことを言ってたよな)

和泉の言葉がキッカケになったわけではないが、ふと、黒崎は思い出す。

「——和泉」

「何?」

「おまえの目から見て、杉本って猫《ねこ》を被《かぶ》ってるように見えるか?」

「はぁ?」

和泉がほんのわずか目を眇《すが》めて、黒崎を見返す。

「そりゃ、どういう謎《なぞ》かけなわけ?」

「いや、だから、その……」

つい、うっかり……というにはしっかり・くっきりと吐《は》きまくってしまった黒崎は、らしくもなく口ごもる。

――マズった。

その自覚だけはアリアリで。

「だから？　なんだ？」

言い逃《に》げは許さねーぞ――と言わんばかりの和泉の視線が、妙《みょう》に痛い。

これはもう、腹を括《くく》るべきだろう。

……というより、黒崎自身、和泉の答えを聞いてみたい気がした。自分と藤堂のように、哲史に対しては何のシガラミもない第三者《和泉》の本音を。

「藤堂が、杉本って、もしかしたら今は猫に擬態《ぎたい》してる虎《とら》かもしれないとか、訳のわかんないことを言ってたんだよ」

「へぇー……藤堂がね」

「言い出しっぺは藤堂じゃなくて、鷹司らしいけど」

「ネタ元は鷹司かよ。ンじゃあ、それなりに信憑性《しんぴょうせい》はあるってことだよな」

あの三人組とは同じ中学出身の先輩《せんぱい》である鷹司だから……という根拠《こんきょ》のもとに成り立つ信憑性がだ。そうでなければ、黒崎もそれを耳にした時点で、いったい何の冗談《じょうだん》かと笑い飛ばしてしまったかもしれない。

「本性《ほんしょう》がトラで、ネコにカムフラージュしてる杉本か。いまいち……つーか、まったくイメージできねーな」

「――だろ？」

そう思うのは自分だけではないとわかって、黒崎はなにげにホッとする。

しかし。

「それを言うなら、蓮城の本質が人外魔境《まきょう》で、実は人間に擬態してるとか言われる方がまだ納《なっ》得《とく》できそうな気がする」

和泉の思考回路の振《ふ》り幅《はば》は、黒崎が思っていた以上に大きかった。

「本性が大型犬の市村のケツには見えないシッポがあって、杉本に懐《なつ》き倒《たお》すときにはピンクのオーラ全開になる……つーのは定説だけどな」

それがただのジョークではないことを、黒崎は知っている。実は、一見のどやかな大型犬にしか見えない龍平の本質が人外魔境の翼と紙一重《かみひとえ》であることも。

「だから、俺的には、杉本ってスゲー才能のある調教師じゃねーかって思うんだけど」

あまりにも的を射た和泉の意見に、つい深々と頷《うなず》いてしまう黒崎だった。

＊＊＊＊　Ⅰ　＊＊＊＊

その日。

二年三組と四組男子の五時間目の授業は、体育館でのバレーボールであった。

しかし。いつもの時間に哲史たちが体育館に来てみれば、すでにコートの半分は可動式ブルーネットで仕切られていた。

ドッキリ。

ビックリ。

聞いてねーよぉ。

……である。まぁ、今更何を言っても遅《おそ》いが。

雨でグラウンドが使えなくなって、急遽《きゅうきょ》、体育館でのバスケットボールに変更《へんこう》になったらしい三年生たちとの合同授業。まさか、そこに藤堂と黒崎という巨頭《きょとう》コンビがいるとは思ってもみなくて、ちょっとばかりドギマギしてしまった哲史だった。

黒崎は龍平の部活の先輩ということもあって、すでに一年の頃《ころ》から顔馴染《かおなじ》みではあった。何と言っても、龍平の試合は欠かさず観《み》に行っている哲史なので、哲史が会場に来れば、龍平のテンションも上がる。それはただのジョークではなく、男子バスケ部の常識であった。

ただ。それは黒崎の顔と名前を知っている——程度のことであって、視線が合えば目礼することはあっても哲史が個人的に黒崎と言葉を交《か》わしたことは一度もない。

同様に。生徒会執行部会長としての藤堂は黒崎以上に遠い存在であったのだが、翼の親衛隊絡《がら》みのトラブルでその存在はグッと身近なものになってしまった。むろん、中学の先輩である鷹司を介《かい》して……だが。

結局のところ。哲史にとっては、黒崎にしろ藤堂にしろあくまで最上級生の先輩という距離感でしかなく、親密度は薄《うす》かった。

なのに。予定外のビッグ・サプライズ——というには大袈裟《おおげさ》かもしれないが、先ほど、ついでのオマケのように藤堂と個人的な会話まで交わしてしまった。

藤堂は一連のゲタ箱レター（命名は龍平）のことを、

『オブザーバー的興味』

だと、軽く言い放ったが。一年五組とは別口で不登校になっていた翼の親衛隊絡み……すべての元凶《げんきょう》と言ってもいいだろう連中の、あまりにも不可解な行動の真相を知りたがっているのは藤堂だけではない。

なんで。

――今頃《いまごろ》？

どうして。

――今更？

いったい。

――何のために？

全校の生徒＆教師陣《じん》がそう思っていることは想像に難《かた》くない。

一難去って、また一難。

（ウゼー……）

（懲《こ》りないよねぇ、ホント）

（はぁぁ………）

――ばりに黙殺《もくさつ》状態なのは、哲史たち幼馴染《おさななじ》みトリオだけであろう。

だが。

「高山《たかやま》君がどういう気持ちで哲史君に手紙を書いたのかは、わからないけど。それは、高山君の選択肢《せんたくし》のひとつだから。だったら、その答えとして、読まないという哲史君の選択があってもいいんだよ？」

翼の父親である尚貴《なおき》の言葉が、哲史の気持ちを強くする。

『選択は白か黒かの二者択一《にしゃたくいつ》ではなく、価値観の優先順位』

それでいいのだと。

手紙を読まないと決めても、それは哲史の『ケジメ』という優先順位が上であって、高山たちの気持ちまで完全否定するわけではない。

尚貴の真摯《しんし》な助言《アドバイス》のおかげで、どうすればいいのかと、あれこれ思い悩《なや》んでいた哲史の迷いは綺麗《きれい》に吹《ふ》っ切れた。

高山の……いや、今では『ゲタ箱レター』の代名詞になってしまった元親衛隊の手紙の束は、開封《かいふう》することなく机の引き出しの奥に仕舞《しま》われてある。さすがに、破って捨ててしまうのもなんだかなぁ……だったので。

哲史の『読まない』という選択は、今のところ揺らがない。

そのことで、高山たちが目立ったリアクションに出ることもない。今は、まだ。

だったら、哲史的には何も問題はなかった。そのことで、教師陣が何をヤキモキしていようともだ。

例の緊急《きんきゅう》クラス会で、毒舌《どくぜつ》針千本な翼と辛辣《しんらつ》に本音を吐きまくる龍平のパフォーマンスにすっかりヤラレてしまったせいか、教師陣もイマイチ強気に出られないようだった。

なので。藤堂の問いかけにも、

「降りかかる火の粉をいちいち払《はら》うのも面倒《めんどう》なんで、俺的にはスルーでいいかなと」

すんなりと答えることができた。

それが藤堂の期待していたような模範《もはん》解答ではなくても、そのこと自体、哲史の中ではすでにケジメが付いているので何の気負いもなかった。

藤堂にしても思うところがあったらしく、そこらへんのことをことさらに突《つ》っ込んでは来なかった。

「杉本的にどういう選択をするのか、それに興味があっただけだからな」

それがただの建て前ではないことは、なにげにスッキリとした藤堂の顔つきからも窺《うかが》い知ることができた。

類は友を呼ぶのか。

それとも、朱《しゅ》に交われば赤くなるのか。

(やっぱり、藤堂さんと鷹司さんって、なんとなく似てるよな)

外見的なことも含《ふく》めて、受けるイメージはまるっきりの対極なのだが。

そんなこともあって。先日、放課後の生徒会執行部で鷹司と二人で話をしたことを、ふっと思い出した。

「やだなぁ、杉本君。僕が、お節介《せっかい》なタダ働きなんかするはずないでしょ？　それも、緊急クラス会で、あんなモノを見ちゃったあとに」

唇《くちびる》の端《はし》でニコリと笑った鷹司には、やはり、どうやっても敵《かな》わない気がした。

（でも、藤堂さんって、もっと強面《こわもて》するのかと思ってたけど……。けっこうお茶目な人だったよな）

あの藤堂をして『お茶目』呼ばわりにできる鋼鉄の心臓の持ち主は、たぶん哲史だけであろうが。幸か不幸か、そこらへんの自覚はまったくない哲史だった。

傲岸不遜《ごうがんふそん》を絵に描《か》いたような超絶《ちょうぜつ》美形のカリスマを『可愛《かわい》い』と言い切ってしまえるくらいだから、そこらへんの感覚も世間様とは少しばかりズレているかもしれない。

それは、ともかく。

もともと、藤堂には近寄りがたいというイメージがあったのだ。生徒会執行部会長という肩《かた》書《が》きは、伊達《だて》ではなかったし。ましてや、その有能すぎる手腕《しゅわん》はあまりにも有名だったので。

哲史的には、偶然《ぐうぜん》視界の中に入ってきても自分とは絶対に交わらない存在だと思っていた。

けれども。顔を突き合わせて話をしてみれば、藤堂は中学の先輩《せんぱい》である鷹司とは別の意味でフレンドリーだった。

哲史に対する適度な距離感と率直《そっちょく》さ、そして思いがけない親しみやすさ……。それが、けっこうなツボだった。

もっとも。五時間目が始まってしまえば授業に集中して、そんなことは頭の中から掻《か》き消えてしまったが。

実質、高校男子の平均値を下回る体格が災《わざわ》いしてか。それとも、どうやっても押し出しのきかない容貌《ようぼう》のせいか。あるいは、翼と龍平という双璧《そうへき》の谷間だという刷り込みが入っているからか。一見して運動神経など欠片《かけら》もないような軟弱《なんじゃく》者と思われがちな哲史だが、実際はそうでもない。

スポーツが得意……と胸を張って言えるほど器用なタチではないが、身体《からだ》を動かすことは嫌《きら》いではなかった。

見かけほどヤワくない。

下手《へた》に出し惜《お》しみはしない。

やるときゃ、当然――やる。

現実に、それを目《ま》の当たりにすると。決まって、

『ウソだろ』

『マジかよ』

『それって、おまえ、詐欺《さぎ》だろ』

などと、言われたりするのだが。哲史にしてみれば別に隠《かく》し球的効果を狙《ねら》っていたわけでもなく、そんなことを言われても……である。

『あれなら、チョロい』

『楽勝……』

そう思われること自体、不本意の極《きわ》みなのだ。だからといって、無い物ねだりをするつもり

もないが。

「よーし。あと一点ッ」

「ガッガッ行くぞーッ」

「挽回《ばんかい》、挽回ッ！」

「リカバーッ！」

「杉本ッ、行っけーッ！」

「武田《たけだ》ッ、ブロックッ！」

「フォローッ、フォローッ」

「止めろーッ」

「ハタけーッ！」

山崎《やまざき》の絶妙《ぜつみょう》なセットアップに振《ふ》られて、ブロックが動く。その隙間《すきま》を狙い澄ましたように腕《うで》をしならせて、哲史がスパイクを打ち込む。

バシュッ！

ボールは綺麗に床《ゆか》を弾《はじ》いてコートの外に出た。

とたん。野太い歓声《かんせい》が上がり。

「ピピーッ！」

試合終了《しゅうりょう》のホイッスルが鳴った。

哲史たちは笑顔《えがお》満面、ハイタッチをしてチームの勝利を祝う。

「やったね」

「これでイーブンだよな」

「上出来、上出来」

「中野《なかの》ぉ、次、頑張《がんば》れよー」

「おぅッ。まかせとけ」

次のチームと入れ替《か》わりに声を掛《か》け合ってコートの外に出て、哲史たちは汗《あせ》を拭《ぬぐ》いつつ次のゲームの応援《おうえん》に回る。

何事も基本なくしては応用もきかないものだが、ボールを打つのも上げるのも、ただ淡々《たんたん》とこなすだけではイマイチ気分ものらない。授業はゲーム形式になってから、皆《みな》、気合いの入り方も違う。

曜日ごとにメンバーを組み替えてチーム力が変わるせいか、展開《パターン》が読めなくていつもなかなかの好ゲームになる。

面白《おもしろ》ければ、ゲームも白熱する。

そうすれば、応援にも自然と力が入る。

そして。

アクシデントは、いつも突然《とつぜん》に、思ってもみない方向から降ってくるものなのだろう。

そのとき。

一点差を争うゲームも終盤《しゅうばん》に差しかかって、レシーブのこぼれ球を深追いした安斎《あんざい》が勢い余って哲史たち応援組の中に突っ込んできた。

「わッ」

「……ウソ」

「ヤバッ」

床にドッカリと座り込んだままだったので、皆、逃《に》げるタイミングを逃す。

その場で思わず固まってしまう者。

思わず立ち上がりかけた者。

身体を捻《ひね》って避《よ》けようとした者。

皆が皆、てんでバラバラに動いたのが悪かったのだろう。そこへ安斎がまともに突っ込んできたものだから、

「どけぇぇッ」

「押すなぁッ！」

「ヤメろぉッ」

怒号《どごう》が炸裂《さくれつ》し。押して、押されて。一塊《ひとかたまり》の団子状態になってバタバタと倒《たお》れた。

「ギャッ」

「うわぁあッ」

「痛ってぇえ」

その瞬間《しゅんかん》。

誰のモノかわからない、どこから飛んできたのかもわからない、それが腕なのか足なのか……それすらもわからないモノで側頭部を強打されて、哲史は一瞬、気が遠くなった。

◆◇◆◇◆

そのとき。

突然。

ブルーネットの向こう側から『ワーッ』だの『ギャー』だの、叫び声が上がって。藤堂たち三年生は、思わずギョッと振り返った。

──なんだ？

──どうした？

──何事だ？

その視線の先で、先ほどまでウルサイくらいにバレーの試合で白熱していたはずの二年生たちが、口々に喚《わめ》きながらバタバタと一ヶ所に駆《か》けていく。

ただごとではないその動転ぶりに、何があったのかはわからないまま、藤堂は我先に走り出してブルーネットを潜《くぐ》った。

「おい、どうしたッ？」

人垣《ひとがき》の一番後ろにいた二年生の一人を摑《つか》まえて、問い質《ただ》す。

「安斎がレシーブのこぼれ球追って、そのまま三組の奴らに突っ込んじゃって」

人垣の中の様子が気になるのか、さすがに声が上擦《うわず》っている。

(……三組？)

一瞬、何か妙な引っかかりを覚え、

「ちょっと、どいてッ」

藤堂は強引《ごういん》に人垣をかき分けて前に出た。

すると。そこには案の定というべきか、不安的中というか、誰かの身体の下で哲史がぐったりと伸《の》びていた。

(失神してんのか？)

唇《くちびる》の端《はし》を切っているらしく、血が出ていた。

それが親衛隊とのトラブルで顔面を切って呻《うめ》いていた哲史の姿とダブって、瞬間、藤堂は背筋が冷えた。

ドキドキと逸《はや》る鼓動《こどう》が耳障《みみざわ》りで、束《つか》の間、周囲の音が消える。

思わず、藤堂は眉間《みけん》を険しくしたまま哲史に歩み寄る。そして。ザッと視線をやって、ほかに怪我《けが》がないかどうかを確かめた。

どうやら切れているのは唇だけのようだったが、見た目だけではわからない怪我もある。

「杉本──杉本ッ」

耳元に唇を寄せて、名前を呼ぶ。もし頭でも打って脳震盪《のうしんとう》を起こしているのなら、下手《へた》に身体《からだ》を揺《ゆ》すらない方がいいと思ったのだ。

失神しているのは哲史だけではなかった。

ほかには身体を折り曲げて呻いている者、踞《うずくま》ったまま脂汗《あぶらあせ》を流している者、顔面からダラダラと血を流している者もいる。

思った以上に激突《げきとつ》の衝撃《しょうげき》は大きかったということだろう。

怪我をしている生徒たちに、ひっきりなしに声をかけて状況を確かめている橋本教諭《はしもときょうゆ》の顔も心なしか蒼《あお》ざめている。

(まったく、貧乏《びんぼう》クジっていうか、杉本ってつくづくトラブルを引き寄せる体質だよな)

哲史が聞いていたら、ソッコーで否定するだろうが。

(とりあえず、杉本の上で呻いてる奴をどかした方がいいよな)

それを思って、藤堂は何をどうしたらいいのかわからずに遠巻きに立ち竦《すく》んでいる者たちに向かって、

「おい、ぼやっとしてないで手伝えッ」

怒鳴《どな》る。そのついでに、

「誰か、タオルを持って来いッ！　あと、保健室に走って救急箱も借りて来いッ！」

テキパキと指示を飛ばす。

すると。

「ほら、どけッ」

「邪魔《じゃま》だッ」

妙にドスのきいた声としなるようなキツイ声のユニゾンがして、黒崎と和泉が顔を出した。

「橋本先生。これ使って下さい」

黒崎が差し出したのは、救急箱だった。いったいいつの間に、どこからそんなモノを早々と調達してきたのか。手際《てぎわ》があまりにもよすぎて、思わず目を瞠《みは》る藤堂だった。

「おぅ、すまんな、黒崎」

「佐々木先生は、今、井川《いがわ》先生を呼びに行きました」

井川というのは常勤の校医である。

「……そうか」

「俺、手伝いますから」

「──頼《たの》む」

「和泉。おまえはそいつを頼む。俺は、あっちの奴を見てみる」

「わかった。任せろ」

バスケ部主将と剣道《けんどう》部主将のコンビは、ある意味、怪我とは切っても切れない運動部らしくその連係プレイの手際はすこぶるよかった。

◆◇◆◇◆

誰かが、哲史の名前を呼んでいた。

翼でも、龍平でもない……誰か。

遠く。

――近く。

あるいは、螺旋《らせん》を描《えが》きながら。

高く。

――低く。

その呼びかけはループする。

『すぎもと』

『……スギモト』

『…………杉本』

寄せては返すさざ波のように、その声は哲史に覚醒《かくせい》を促《うなが》す。

聞き覚えがあるような、ないような。

呼ばれているのはわかるが、その声の主がわからない。

――と。いきなり、

「――杉本ッ」

やけにリアルに、脳天に響《ひび》いた。

とたん。

ズキ。

……ズキ。

…………ズキ。

脳味噌《のうみそ》を鷲摑《わしづか》みにされたような気がして、こめかみが疼《うず》きしぶった。

「ううう………」

思わず、呻きがこぼれる。

「大丈夫《だいじょうぶ》か？」

――大丈夫じゃない。

それを口にしようと思ったが。引きつる唇からこぼれ落ちたのは、ただの呻き声だった。

（いた……ッ……たたたぁぁぁ）

呼吸するだけで脳内がハレーションを起こしたように、頭がズキズキする。

これは、あれだ。佐伯翔《さえきしょう》にサブバッグで顔面を思いっきり叩《はた》かれたときと同じ痛み《熱さ》だ。

それを思って。いったい何が起こったのか……ようやく思い出す。

（あー……。安奈が突っ込んできた……ンだっけ？）

ガツンッ！

――と一発、顔面……いや、側頭部に衝撃が走ったことは覚えているが。そのあとのことは記憶《きおく》にない。

目を開けているわけじゃないのに、銀色のラメが入ったような視界は変なふうに歪《ゆが》んで見えた。それだけで息が上がって、クラクラと目眩《めまい》がする。

「起きられるか？」

心配げな声に問われていることはわかるが、まともに返事をするのもしんどい。

「おい、杉本」

（……あれ？）

「聞こえてるか？」

（この声……）

そのとき、初めて、哲史はそれが誰のモノであるかを思い出した。

（藤堂……さん？）

なんで？

どうして……藤堂なのか？

ズキズキと疼く頭では、それ以上まともに考えることもできなくて。それでも、

「……杉本？」

やたら、藤堂が心配げに呼びかけるものだから。とりあえず、哲史は重くてだるい瞼《まぶた》を無理やりこじ開けた。

——が。

やはり、クラクラとした視界はクリアとは程《ほど》遠くて。

（う…わ……。なんか、やっぱ、ラメかかってるよぉ……）

それでも。ようやくぼやけた焦点《しょうてん》が合って、ぎくしゃくと瞬《まばた》きをすると。そこには、心配というよりはむしろ、なぜか呆然《ぼうぜん》絶句しているような藤堂の顔があった。

◆◇◆◇◆

クッタリと重そうな哲史の瞼がピクピクとわずかに引きつれて、ようやく開かれた。

——その瞬間。

藤堂は。ホッと安堵《あんど》のため息を漏らすより先に、

「……ッ！」

思わず、息を呑《の》んだ。

なぜなら。哲史の左目が、いつも見慣れた黒瞳《こくとう》ではなく透き通るような青金石《ラピス・ラズリ》だったからだ。

（うわ……スゲー……）

まるで、そこだけ色違《いろちが》いの宝石を嵌《は》め込んだかのような錯覚《さっかく》に、知らず……ゴクリと喉《のど》が鳴った。

つい先ほど――五時間目が始まる寸前まで顔を突き合わせていた哲史の双眸《そうぼう》は、確かに黒瞳だった。なのに、束《つか》の間の失神から目覚めた哲史の左目だけが蒼《あお》い。

（マジでか？）

まさに、呆然絶句である。

『ウソだろ』

――では、なく。

『なんで？』

――でも、なく。

それが、奇異《きい》であるとすら思わず。トロリと潤《うる》んだその蒼い瞳《ひとみ》に魅《み》せられて、藤堂は瞬きも

できない。

そのとき。

「杉本君の目、ねぇ。あれ、黒のカラー・コンタクトをしてるんだよ。ほんとは、ものすごく綺麗《きれい》な蒼い目なの」

唐突《とうとつ》に、鷹司の言葉が思い出された。

(あー……そうか。あのとき、慎吾が……)

あれは……翼の親衛隊絡みで、藤堂が初めて哲史と関《かか》わりを持つキッカケになったときのことだ。そのときの話の成り行きもあっただろうが、鷹司がそれを漏《も》らしたのはその場限りのことで、藤堂的には半信半疑だった。

「ものすごい確率の突然変異《とつぜんへんい》なんだって」

アルビノという特異体質の実例がある以上、純然たる日本人の夫婦に突然変異で蒼い目を持つ子どもが生まれる可能性だって否定できない。

だが。否定できないからといって、

『現実にはありえねーだろ』

それが藤堂の本音だった。

実際にはあり得ないことを、鷹司がジョークにして自分を引っかけようとしている——などと、そこまで懐疑《かいぎ》的ではなかったが。そのときは、純和風な哲史の容貌《ようぼう》に『蒼い目』などまっ

たくイメージもできなかったのだ。

いや。

……そうではなく。

鷹司がうっすらと笑《え》みを浮《う》かべて過去を懐《なつ》かしむような口調で『綺麗』を連発すればするほど、その思い出には立ち入れない苛《いら》つきみたいなモノがあって、藤堂的には『なんだかなぁ……』だったのだ。

それでなくても、鷹司の後輩《こうはい》である三人組の、ある意味とんでもない非常識ぶりは執行部会長として何かと頭痛の種だったからだ。

けれども。その『あり得ない現実』を実際に目《ま》の当たりにしてしまうと、唖然《あぜん》、呆然、ブッたまげ……もいいところで。『ものすごく綺麗な蒼い目』をジョークにして笑い飛ばすどころか、言葉にならない衝撃《しょうげき》に思考回路もショートしてしまった。

確かに、これは心臓にズキリとくる。

『百聞は一見に如《し》かず』

その正当性がよくわかった。

「とう…どぉ……さん？」

か細い声で哲史が呟《つぶや》く。

それで、一気に現実に引き戻《もど》された。

「あー……その……大丈夫、か？」

思わず、声に出して。奇妙《きみょう》に裏返ったトーンがやけに掠《かす》れていることを自覚する。

（……チッ）

拙《まず》いな、と思う。

思いがけないアクシデントに直面して、変に動揺《どうよう》しまくっている自分がだ。

まさか、最後の最後にこんな予想外も甚《はなは》だしいオチが待っているとは思わなかった。

「頭、ズキ…ズキで……クラク…ラ、です……」

消え入るような掠れ声の哲史は、まだ何も気付いていない……らしい。

目眩でもするのか、ときおり胸を喘《あえ》がせて、ぎくしゃくと瞬きを繰《く》り返している。

そのたびに左右の色違いの目が潤んで、それが見慣れない色彩《しきさい》の妙《みょう》というか奇異なインパクトを強烈《きょうれつ》に与《あた》えて、藤堂をなんとも落ち着かない気分にさせる。

普段の哲史は鷹司が言うところの『スッキリと凛々《りり》しい』眼力があって、体格はイマイチでも貧弱だの軟弱だのというイメージはなかった。

しかし……。

まさか、蒼い瞳——それも左目だけで、哲史の印象がこうも激変してしまうとは思いもしない藤堂だった。

（これって……ヤバイだろぉ）

藤堂自身、何が『ヤバイ』のか、その根拠《こんきょ》なり確証があったわけではないが。思わず、それを口走りそうになってしまった。

「ほかに……痛むところはあるか？」

「……よく、わかんない……けど、目が回る……」

ボソボソとした声にはまったく張りがなかったが、それでも、きちんと意思の疎通《そつう》が図《はか》れるということに、とりあえず藤堂はホッとした。

何はともあれ、一安心。

それを思って、妙に乾《かわ》ききった唇《くちびる》をひと舐《な》めすると、背後で足音がした。

「おい、藤堂」

呼ばれて、振《ふ》り向くと。何とも言えない顔つきの黒崎がいた。

いつもとは違うその表情で、哲史の目を見て動揺しているのが自分だけではないことを藤堂は知る。

ちょっと、いいか？

——とばかりに顎《あご》をしゃくる黒崎に、藤堂はどんよりと腰《こし》を上げる。

「とりあえず、保健室に運んじまおう」

ふと気付いてみれば、団子状態に倒《たお》れていた二年三組の男子の姿はあらかた消えている。

「杉本で最後？」

「あー……」

二年生に比べて三年生《クラスメート》の姿もごっそり抜《ぬ》けているところを見れば、怪我《けが》人を保健室に運んで行く役に駆《か》り出されたのだろう。

「けど、頭クラクラみたいだぞ」

「立てそうにないってことか？」

「……たぶん」

「じゃ、俺がおぶって行く」

「おまえが？」

「……そうだ」

「──わかった」

軽く頷《うなず》きざま哲史の方に振り返りかけて、藤堂は一瞬《いっしゅん》その動きを止める。そして、黒崎の腕《うで》を掴《つか》んでボソリと漏らした。

「──黒崎」

「なんだ？」

「保健室に連れて行ったら、おまえ、杉本にちょっと耳打ちしとけよ」

黒崎はわずかに双眸を見開いた。

「やっぱ、マズイだろ」

何が？

――とは、言わず。

何を？

――とも、問わず。

藤堂と黒崎は、束《つか》の間、視線を交《か》わす。それだけで、

「わかった」

黒崎は深々と頷いた。

今現在、鷹司と何事もツーカーで話ができるのは、藤堂にとって執行部絡みの役得というよりもその親密度を計るバロメーターみたいなものだったが。まさか、まったく畑違《はたけちが》いの黒崎と以心伝心な関係になれるとは思ってもみなかった。

（とりあえず保健室……だよな）

それが終わってしまえば、とりあえず一件落着――なはずだ。

それを思って、藤堂は再び腰を落とすと哲史の後頭部に手を添《そ》えて囁《ささや》いた。

「杉本、起こすぞ？　いいか？」

哲史は目でコクリと頷いた。

手を差し込んで、ゆっくりと哲史の身体《からだ》を起こす。まるっきり力が入らないらしい身体はぐったりとして、思った以上に重かった。それでも、背中を支えて抱《だ》き起こすと、

「……すみま…せん」

ため息まじりに、哲史が言った。

こんなときでも哲史は哲史なのだと思うと、何かもう、訳もわからず胸の奥が妙にツキンときて。藤堂はそれを誤魔化《ごまか》すために、

「黒崎がおぶって行くから。ほら、しっかり摑まってろ」

つい、ぶっきらぼうになってしまった。

バスケット・ゴール下のダンプカー呼ばわりされる黒崎のゴッイ背中に、哲史を託《たく》す。

「いいか？　立つぞ？」

黒崎が声をかけると、哲史は、

「……ハイ」

か細く答えて、ぎくしゃくとその首に手を回した。

黒崎は哲史の重みなどまるで感じていないかのようにゆったりと立ち上がると、力強い足取りで体育館を後にする。

その後ろ姿を無言で見送っていると、

「さすが、黒崎。杉本一人くらい背負ってもどうってことない……みたいだな」

ほんの間近で、和泉の声がした。

「ゴール下の格闘技《かくとうぎ》……とか言われてるハードな部活浸《づ》けの奴は、やっぱり、俺たちとは鍛《きた》え

方が違うんだろ」

「羨《うらや》ましい、とか?」

「何が?」

「あの体力が」

「なんで?」

「や……なんか、おまえが杉本をおぶって行きたそうな顔してたから」

一瞬、虚《きょ》を衝《つ》かれたような気がして。藤堂は、思わずマジマジと和泉を見やった。

すると。和泉は、口の端《はし》で笑った。

「なんだ、藤堂。おまえでも、そういう顔するんだな」

そういう顔……って?

(どういう顔だよ?)

それを聞こうとして、ふと、思い留《とど》まる。ストイックな風貌《ふうぼう》に似合わず意外に食わせ者な和泉にこれ以上のネタを提供するのも、何となく癪《しゃく》に障《さわ》った。

いや。それより、何より。平常心でいられない自分を自覚していたので、どんな顔をしているかを想像するのも嫌《いや》だった。

――と。

何を思ってか、和泉は不意に真顔に戻《もど》り、

「けど、マジでブッたまげ……だよな」

わずかにトーンを落とした。

「おまえ、知ってた？」

「ンなわけ、ないだろッ」

しっかり。

キッパリ。

力一杯《ちからいっぱい》……否定する。

別に疚《やま》しいことがあったわけではないが。ただの気のせいかもしれないが……。和泉の口調に、ビミョーな含《ふく》みを感じた。

「杉本の親って、もしかして、どっちかが外国人とか？」

やはり、思うことは誰でも同じなのだろう。鷹司から哲史の目のことを聞かされたとき、まず頭に浮かんだのはそれだった。

常識的に考えれば、それしか思い浮《う》かばないに違いない。

「それにしたって、スゴイよな。今どき、青い目の外国人なんて物珍《ものめずら》しくもないけど、杉本のあれって、ちょっと同じ青でも青が違うっていうか……」

そうなのだ。

本当に、くすみのない、どこまでも澄《す》んだ青で。それが空の蒼《あお》とも海の碧《あお》とも言い難《がた》い絶《ぜつ》妙《みょう》な色合いなのだった。

それが物凄い確率の突然変異の為《な》せる業《わざ》なのだとしたら、どんな宝石よりも希少価値のある宝玉にも等しいのではなかろうかと。つい、そんなふうにも思えて。

そんなことを思う自分が、ちょっとばかり気恥《きは》ずかしくて。

(つーか……なんか、いきなり、思いっきり毒されてないか？　俺)

藤堂は口の端を歪《ゆが》める。

哲史に対するイメージどころか、自分の中の何かがボロボロと剝《は》がれ落ちるかのような錯覚《さっかく》に、藤堂はどんよりとため息を漏《も》らした。

「けど、杉本は。普段はカラーレンズ入れて、あの目を隠《かく》してるってことだよな？　おまえ……なんでだと思う？」

「そりゃあ、俺たちにはわからない色んな事情があるんだろ」

サラリと、藤堂は即答《そくとう》する。

哲史のあれは、単なるファッションではないからだ。

学校生活の中で何がウザイかと言えば、それは事細かな校則だろう。確かに集団生活で必要不可欠なルールもあるが、細かけりゃいいってもんでもないだろう……というのが藤堂の本音である。時代にそぐわないモノは、いいかげん改正すべきではないかと。

性格が天然なのはわざわざ申告する必要はないが、藤堂が通っていた中学では天然パーマもナチュラル茶髪《ちゃぱつ》も、生徒手帳に保護者の印鑑付きでの申告するのが常識だった。一応、風紀を乱す者たちと区別するため……らしい。

　バカみたいだと、思う。

　だが。集団生活を維持《いじ》するためにはそんなことまで必要だと思っている大人《おとな》が多いのは、事実だ。おかしいことを『おかしい』とあえて声を荒《あら》げて抗議《こうぎ》するよりも、協調性を重視する方が大切だと。

　藤堂にしてみれば、おかしいことをおかしいと疑問にも思わない教育方針の方がもっとおかしいのではないかと思うのだが。

　何でも、画一的に平等にしてしまえばいいというものではないだろう。

　生まれつきなモノは個性だ。だったら、堂々と主張すればいい。

　藤堂の基本的なポリシーは変わらないが、それでも、世の中がそんなに甘くないことも事実だ。主張するには、それなりの痛みを伴《ともな》うことも否定できない。

　鷹司は言った。

「でもね。やっぱり、どこにでもいるじゃない。ちょっと人と違ってるだけで、あれこれ言うバカな奴らが」

　普段の鷹司はあからさまな嫌悪《けんお》感など滅多《めった》に匂《にお》わせたりしないが、あのときは……いつもと違った。

だから。その『瞳《ひとみ》』絡《がら》みで、鷹司が思わず嫌悪で眉《まゆ》をひそめずにはいられないくらいのトラブルが中学時代にはあった。そういうことなのだろう。

（イジメ、とか？）

異質なモノを忌避《きひ》して排除《はいじょ》したがるのは世の中の常だ。それが、重いトラウマになってしまう場合もある。時が過ぎて周囲が笑い話にしても、本人はとてもそんな気持ちにはならないだろう。

（あー……もしかして、だから、あいつら、杉本に対してチョー過保護なのか？）

不意に、欠けたパズルがピタリと埋《う》まったような気がした。

翼の、あのド派手な三倍返しも。龍平がキレて、大魔神《だいまじん》に変貌《へんぼう》するのも。その根底にあるのが、あの蒼《あお》い瞳だったとしたら……。

それを思うと、何とも言い難い気持ちになった。

左目だけで、あれなら。両方の蒼い瞳が揃《そろ》うと、まるっきりイメージが違ってしまうのではないか。

まるで、蒼眸《そうぼう》のインパルス？

そのとき。

（なんか……マジで見てみたいかも）

藤堂の中で、ひそやかな願望がこぼれ落ちた。

そんな藤堂のこめかみを、

「だったら、ちょっとマズくねーか？」

したたか殴《なぐ》りつけるように、和泉は軽く顎《あご》をしゃくる。

和泉に促《うなが》されるまでもなく、藤堂も気付いていた。取り巻く人垣《ひとがき》がヒソヒソとしゃべってい
る会話の中に、そのキーワードがてんこ盛りであることに。

――スッゲー……。

――ウソ……だろぉ？

――あれって、マジ？

――ブッたまげ……。

――左目、青かったぞ。

――もしかして、杉本ってカラーレンズ入れてんの？

――なんか、スゴいもん見ちまった。

授業中のアクシデントとは別口で、哲史の蒼い瞳にはそれだけのインパクトがあったという
ことだ。

哲史を保健室に運んでしまえば、とりあえず一件落着……という雰囲気《ふんいき》ではないのが丸わか
り。それも、今更なのかもしれないが。

「杉本にしたら、あれは突発性《とっぱつせい》の災難なわけだからな。それに、あの様子じゃ、左目のカラー

レンズが取れてるなんてぜんぜん気付いてねーだろうし」

「自分の知らないところで、すっかりバレバレ……なんてのは、さすがにマズイよな」

だからこそ、黒崎に哲史への耳打ちを頼《たの》んだわけで。

新館でも本館でも、いまだ緊急クラス会が尾《お》を引いている。更には、ゲタ箱レターの件もある。その上、新たに哲史の隠された秘密が暴露《ばくろ》されでもしたら噂《うわさ》は噂を呼んで、本当に収拾《しゅうしゅう》がつかなくなってしまうだろう。

そんな藤堂の胸中を見透《みす》かすように、

「一発、カマしとくか？」

なにげにさりげなく和泉は爆弾《ばくだん》を落とす。

藤堂自身、哲史絡みのトラブルに積極的に関《かか》わり合いを持ちたいとは思ってはいない。なにしろ、そのトラブルには翼と龍平という桁外《けたはず》れの双璧《非常識》が漏れなく付いてくるので。

しかし。ここまできたら、傍観者を気取るには遅《おそ》すぎて。

だったら、打つべき手は打っておくに越《こ》したことはないだろう。

「俺が？　おまえが？」

「そりゃ、当然、おまえだろ」

何を今更……と言わんばかりに、和泉が目を眇《すが》めた。

「俺かよ？」

「杉本繋《つな》がりのない俺より、ここはやっぱ、おまえだろ」

それは、そうだが。藤堂的ネックは別のところにある。

「あんまり派手なことはやりたくねーんだけど？」

「なんで？」

「俺が個人的にモノを言っても、結局は執行部会長の肩書《かたが》きが付いて回るだろうが」

何がマズイといって、自分の言ったことがそのまま執行部の総意だと受け取られてしまうことだ。それがただの杞憂《きゆう》でないことは、すでに鷹司が実証してしまった。

鷹司が哲史と立ち話をしただけで即《そく》——密談。などと変に勘《かん》ぐられてしまうという現状は、やはり異常だろう。今でさえ、あることないこと言われているのだから。

「今更だって。それに、ここに一年はいねーからな。おまえが何を言っても、過剰《かじょう》に反応するバカな奴はいないって。だったら、いっそ派手にガッツリとカマしとけよ」

他人事《ひとごと》だと思って、和泉は好き放題に吐《は》きまくる。

それでも。キッチリ、釘《くぎ》は刺《さ》しておくべきだろう。少なくとも哲史が自分の意志でカラーレンズを外すという意思表示するまでは、個人情報は厳守するべきだと思うから。

「おい。おまえらッ」

意識的に眼力を込めて、藤堂はいまだざわついている人垣をゆったりと見回す。

それだけで、その場にいる者たちは半ば息を呑《の》み——硬直《こうちょく》した。

「よけいなことを、面白《おもしろ》おかしく吹《ふ》いて回るんじゃねーぞ」

緊急クラス会の熾火《おきび》がいまだに燻《くすぶ》っているこの時期、ガソリンぶっかけ状態はさすがにマズイだろう。

実際に見てしまったものは、しかたがない。

あったことを、無理やりなかったことにもできない。

ならば、秘密を共有する共犯者にしてしまった方がいい。

「杉本には杉本の事情ってモンがあるんだから」

強調すべきところはキッチリと念押しして、秘密は遵守《じゅんしゅ》すべきだろう。

自分がされてイヤなことは、言わない。

——しない。

——乗らない。

それが人間関係の基本の基本である。

「自分の言動にはキッチリ自己責任がついて回るってことを忘れるなよ」

ルール違反《いはん》には相応のペナルティーが科せられる。単なるたとえではないその現実を、藤堂は言外に強調する。

【蓮城翼に睨《にら》まれたくなければ、杉本哲史とはトラブるな】

【杉本哲史にチョッカイをかけて、市村龍平を怒《おこ》らせるな】

今更、その『ペナルティー』の意味を履《は》き違《ちが》えるバカはいないだろうが。

あとは、一年組とは違って、そこらへんの教訓ならリアルに実体験している上級生組の良識に期待するしかない。

それを思ったところで、実にタイミングよく五時間目終了《しゅうりょう》のチャイムが鳴った。

＊＊＊＊　II　＊＊＊＊

保健室から新館校舎へと戻《もど》る黒崎の足取りは、いつになく重かった。

（はぁぁ………）

（なんで、俺が……）

それを思うと、ため息が止まらない。

こんなにどんよりと重い気分になったのは、久々だ。白河に、

「ねぇ、黒崎。市村に、何とか宥《なだ》めてもらえないかな。ウソも方便っていうか。気にしなくていいよ──くらいでいいんだけど。……ダメ？」

非常識きわまりないお願いをされたとき以来だ。

ダメなものは、ダメ。

無理なことは、無理。

そんな頼み事は、絶対に却下《きゃっか》ッ。

──理性も自制心もかなぐり捨ててガウガウと吼《ほ》えまくり。

なに考えてんだ、白河ぁッ。おまえ、正気かぁッ。

方便でデマカセ吐けるタイプなら、俺は苦労しねーんだよッ。

俺たち男子部に女子部の尻拭《しりぬぐ》いをさせるなぁぁッ！

――ばりに。そのときは、全身全霊《ぜんれい》ソッコーでダメ出しを喰《く》らわしたが。今度のはちょっと
……勝手が違《ちが》う。

（杉本……スッゲー動揺《どうよう》してたよな）

つい先ほどの、保健室でのことを思い出すとため息の重さも倍増しになった。

藤堂に言われるまでもなく、黒崎的にも『マズイな』とは思っていたのだ。

沙神高校のトラブルメーカーズ――呼ばわりをされていても、哲史の場合はその100％が不本意なトバッチリであって、哲史自身がトラブルを引き起こしたことなどただの一度もないのは周知の事実である。ある意味、杉本哲史は品行方正の鑑《かがみ》であると言っても過言ではないだろう。

が――しかし。

双璧《そうへき》の谷間だと思われている哲史は、予想外のパンドラ・ボックスであった。

片違いの蒼《あお》い目。

体育の授業中のアクシデントにあんなブッたまげなオチが付いていたなんて、誰も想像もできなかっただろう。

たかが、目の色くらいで……なのだが。そのギャップが思った以上のインパクトだった。

インパクトがありすぎて、ある意味、衝撃《しょうげき》だった。

和泉など、

「最後《トドメ》の一発が一番キョーレツ？　被《かぶ》ってたのは特大のネコじゃなくて極小のカラーレンズだったわけだ」

妙に掠《かす》れた声でボソリと漏らしてくれた。

「けど、あれだな。こうなってくると、鷹司の言ってたらしいカムフラージュの話って、スゲー意味深？」

意味深……なのか、どうなのか。

藤堂からの又聞《またぎ》きではそこらへんの事情はわからなかったが、体育館内が別の意味でざわついていたのは確かだ。

だったら、哲史一人が蚊帳《かや》の外なのは、やはり……拙《まず》かろう。藤堂も、それを危惧《きぐ》していたのだと思う。

だから。怪我《けが》人でごった返している保健室についてすぐ、とりあえず空いているベッドに哲史を寝《ね》かせて、左目のことをこっそりと囁《ささや》いた。

――瞬間《しゅんかん》。

哲史は、声もなく目を見開いた。

あれは単に驚《おどろ》いたというより、絶句だった。色違《いろちが》いの目を大きく瞠《みは》って、唇《くちびる》をわずかに引きつらせて……絶句していた。

それを告げた黒崎が、

(これって、もしかして、最悪のパターンじゃねーか?)

思わず、訳のわからない罪悪感を覚えてしまうくらいに。

(藤堂ぉぉ、俺にどうやってフォローしろって言うんだぁぁッ)

柄《がら》にもなく、オロオロと狼狽《うろた》えまくってしまうほどに。

バスケの試合では誰よりも冷静に、熱く、プレッシャーも闘志《とうし》に変えて、とっさの状況《じょうきょう》判断もソツなくこなす自信があった。

だが。呆然《ぼうぜん》絶句して自分を凝視《ぎょうし》している哲史の色違いの双眸《そうぼう》は……。気まずいというより、もろ、居たたまれなかった。

もしも、そこにいたのが自分ではなく藤堂だったら……。あるいは、鷹司だったら。そしたらもっと、気《き》の利いたフォローができたのではないかと。つい、そんなふうにも思えて。

(俺って……使えねー)

ズドンと落ち込んだ。

あんな哲史を見たのは、初めてだった。

普段の哲史は龍平とは別口で、何があってもメゲないポジティブ思考というか、揺らがない強さというか……自分というキッチリとした核《かく》を持っている。そういう前向きなイメージしかなかった。

そんなものだから。どういう事情があるにせよ、黒崎的には哲史が、

『あー……バレちゃいました？』

ぐらいに、軽くかわしてくるのではないかと。実は、頭の隅《すみ》ではそんなふうにも思っていたのだ。

──けれど。

そんな単純なことではなかった。

哲史にとって、左目のカラーレンズが取れて蒼瞳《そうとう》が剝《む》き出しになってしまったことは、黒崎が思っていた以上に重いものだったのだろう。

そういう顔つきだった。

哲史はコクリと一息吞《の》むと、まるで黒崎の視線を遮《さえぎ》るかのように左手で左目をそっと覆《おお》った。

それだけで、哲史の印象はまたガラリと変わった。

いや……。

奇異《きい》な蒼瞳が隠《かく》れて、いつも通りの、見慣れた『杉本哲史』がそこにいるだけなのだが。その哲史こそが本質を秘したカムフラージュにすぎないのだと知って、黒崎は、ゴクリと息を吞んだ。

「おまえ、興味ある？　もしかしたら、子ネコじゃない大トラな杉本に」

藤堂にそれを問われて、ソッコーで頭を横に振《ふ》ったのは黒崎だったが。現物を見てしまったあとでは、とてもジョークで笑い飛ばせそうにもない。

きっと、藤堂も同じ気持ちだろう。

「えー……と、もしかして、あそこにいた人たち……みんな、知ってるとか？」

見慣れた黒瞳の哲史が、黒崎を窺《うかが》い見る。

「……たぶん」

今更《いまさら》、隠してもしょうがない。

「そっか……そうなんだ？」

哲史は深々とため息をついた。

そうして。束《つか》の間、何かを考え込むように押し黙《だま》って。

「あの、黒崎さん。お願いが、あるんですけど……」

哲史は言ったのだ。

「すみませんが、翼に……。翼に、予備のレンズを持ってきてくれるように伝えてもらえませんか？」

ひたすら恐縮《きょうしゅく》したようなその『お願い』を、黒崎が断れるわけがない。

――で。

つまり。

黒崎は、新館校舎の階段を上がっているのだった。二年生のクラスがある、三階まで。

（……けど、なんで、蓮城なんだ？）

今更のように、ふと、それを思う。

なぜ？

どうして、龍平ではなく翼なのか。

あー、いや、そうではなく。予備のカラーレンズを持ってくるだけならば、別に翼ではなく龍平でもいいのではなかろうかと。

なのに、なぜ？

龍平ではなく、翼なのか。

常日頃《つねひごろ》の過剰《かじょう》なスキンシップぶりから、思うに。わざわざ翼を名指しする必要はないのではないか。龍平ならば、哲史が呼べば何をさておいてもソッコーで飛んで行きそうな気がする。

それでは、マズイのだろうか。

（あいつらの優先順位って、イマイチわかんねーよな）

黒崎にしてみれば、それはごく単純な疑問だった。

――いや。

本音を言えば。個人的に一度も言葉を交《か》わしたことのない翼よりも、部活の後輩である龍平の方が声をかけやすい。ただそれだけのことだったかもしれない。

流し目ひとつで周囲を凍《こお》らせるカリスマ様より、天然だが可愛い後輩。

どちらでもいいと言われたら、もちろん龍平を選ぶ。

しかし。哲史が翼に……というのだから、しょうがない。

つらつらとそんなことを思いながら、黒崎は二年七組の教室に歩いていった。

◆◇◆◇◆

そのとき。

二年一組では。

「あれ？」

龍平がゴソゴソと、鞄《かばん》の中を漁《あさ》っていた。

「ウソ……。ない。エーッ……マジで？」

独り言には過ぎる呟きに、クラスメートたちはいったい何事かと訝しげに視線を向ける。

「どうした？」

「何やってンだよ、市村」

「ないって、何が？」

「……電子辞書」

「はぁ？」

「ちゃんと入れたと思ってたのにぃ……」

だから、六時間目の英語の授業で使う電子辞書だ。

昨晩、古文の宿題をやったときに使って、そのあと鞄に入れたはず——なのだが。鞄のどこを捜《さが》しても、電子辞書は出てこない。

「ヤバイよ。俺、今週は和訳で当たりそうなのに……」

これは、マズイ。

マジで——ヤバイ。

ただでさえ、龍平は長文の和訳が苦手だった。なのに、当たりそうな予感はしても予習はしてこないのが、龍平……だったが。

「だったら、杉本に借りてくれば？」

「テッちゃん？」

「そうだな。杉本だったら、いつも持ち歩いてそう」

「でも、三組って五時間目は体育だろ？」

「もう、帰ってきてんじゃねーか？」

「よッし。チャイムが鳴らないうちに行ってこようっと」

龍平はすっくと立ち上がって、軽い足取りで教室を出て行った。

◆◇◆◇◆

本館校舎一階、保健室。

そのとき、哲史はベッドの上で。

(マズったなぁ……)

どんよりとため息をついた。

いや……。事ここに至っては、今更マズったも何もないのだが。

それでも。黒崎におぶわれてここにきたときとは別口の痛みが、変にズキズキと疼きしぶって。哲史としては、

『マズイ』

『ヤバイ』

『サイアク』

その3《スリー》ワードしか思い浮かばない。

まるで、思いがけない衝撃《しょうげき》で脳味噌《のうみそ》が半分初期化されてしまったようだ。純然たるアクシデントと予想外のアンラッキーのダブルショックで、頭の中が真っ白にならないだけマシなのか

もしれない。

——ホントに。

——マジで。

——どうしよう。

紗《しゃ》がかかったような目眩《めまい》はどうにか収まったが、片目だけ色違いの双眸を誰かに見られるのが嫌《いや》で、その訳をわざわざ説明するのも鬱陶《うっとう》しくて、哲史はずっと目を閉じている。その瞼《まぶた》の裏を、三つの言葉がレッド・シグナルのように点滅《てんめつ》しながらループしていた。

見えなければ、あれこれ問われることもなく。

見せなければ、下手《へた》に言い訳をしなくても済む。

たとえ、それが、一時凌《いちじしの》ぎの気休めだったとしても……。もしかしたら、気持ちの整理くらいはできるかもしれない。

とりあえず、深呼吸。

さしあたっては、リラックス。

冷静沈着《ちんちゃく》にはなれそうもないが、まずは——平常心？

ゆったりと息を吸って……吐《は》いて。

——リラックス。

試合の前、龍平はそうやって集中するのだと聞いたことがある。下手なイメージ・トレーニングをするよりもよほど効果があるのだと、笑っていた。

深呼吸。

――リラックス。

意識してそれを何度か繰《く》り返すと、不思議と、冷たくなっていた指先にも次第《しだい》にゆっくりと血が通ってくる……ような気がした。

はっきり言ってしまえば、今までのトラブルはすべて傍迷惑なただの、ト、バ、ッ、チ、リである。哲史自身が元凶ではない。だから、

（またかよ？）

（ウザイよなぁ）

（ホント、学習能力なさすぎ）

ある意味、一括《ひとくく》りでもって黙殺《もくさつ》することができた。なにしろ、

「俺をダシにして哲史に嫌がらせする奴は三倍返し」

翼がそれを公言して憚《はばか》らないからだ。しかも、

『権利を主張するからには有言実行』

――がポリシーな翼は、いっさい容赦《ようしゃ》がない。

問答無用の実力行使である。ただボコるだけでは煮《に》え返る憤激《ふんげき》は収まらないのか、毒舌《どくぜつ》針千本のオマケ付きだ。

普段は寡黙《かもく》すぎて何を考えているのかまったく読めない——と言われる翼が本領発揮で辛辣《しんらつ》に吐きまくると、殴《なぐ》られるよりも痛い。

よくも、悪くも。言ったことは、やったことは、巡《めぐ》り巡ってすべて自分に返ってくる。それをきちんと自覚していれば、哲史に因縁《いんねん》を吹《ふ》っかけようなどとは思わないだろうが。

何と言っても、翼の三倍返しの基本は『晒《さら》し首』である。

場所を選ぶようなヤワいことはしない。

相手の都合を考えるようなヌルいこともしない。

翼が無表情に乗り込んでくるだけで、周囲は何があったのかを察する。

当事者が何を否定しても、無駄なのだ。逆ギレして喚《わめ》いても、身勝手な主義主張を訴《うった》えても、すべては翼の耳を素通《すどお》りにするだけで何の足しにもならない。

ただひたすら息を詰《つ》めて傍観者《ぼうかん》になるしかない者たちは、その実、『耳ダンボ』の上に『目はズームレンズ』である。翼が発する言葉の一言も聞き逃《のが》すまいと、その仕種《しぐさ》のひとつも見逃すまいと。

人の噂は七十五日——かもしれないが。

『杉本哲史にチョッカイを出して蓮城翼の激怒《げきど》を買ったバカな奴』

公衆の面前でデカデカと貼《は》られてしまったレッテルは容易に取れない。

今まで、翼にシバき倒《たお》されて不登校になった者はいない。自称《じしょう》親衛隊の奴らは別にして。

だが。晒し首になった連中がそのあと転校していったという噂なら、チラホラと哲史も耳にしたことがある。その理由は、様々だが。

翼と同じ視線で真摯《しんし》に向き合うことができない者は子どもであろうが大人《おとな》であろうが、誰も勝てない。

その三倍返しも、体格差がモノを言う小学生のときは、

「哲史と龍平は俺の子分なんだから、勝手にイチャモン付けてんじゃねーよ。文句があるなら、かかってこい」

派手に買いまくりで生傷の絶えないこともあったが、相手を泣かすことはあっても翼は絶対に泣かなかった。

おかげで、小学校時代の翼のあだ名は、

『天使の皮を被《かぶ》った大魔王《だいまおう》』

——である。

大魔王になる正当性は誰の目にも一目瞭然《りょうぜん》だったので、相手方の親とトラブルになったことは一度もなかった。少なくとも、表立っては。まぁ、腹いせで暴言を吐きまくったところで、無惨《むざん》に返り討《う》ちにされただけだろうが。

『親バカ殺し』

——と。

『担任潰《つぶ》し』

自分の子どもしか見えていないバカな親と、独善的な正義感に燃える担任との相性は最悪な翼だった。それが高じて、確信犯で落ちこぼれをやるくらいには。

その美貌《びぼう》と存在感が際立《きわだ》ってきた中学時代になると、

「心配すんな。義務教育に退学はねーから」

その舌鋒《ぜっぽう》と豪腕《ごうわん》ぶりにも一段と磨《みが》きがかかり。高校生になってからは、

「大丈夫。停学喰《く》らうようなヘマしねーから」

——に、なった。

それでも、翼の地雷《じらい》を踏《ふ》みたがるバカな連中があとを絶たないのも事実だが。その100%は、間違《まちが》いなく哲史絡《がら》みである。

「ツッくんの傍迷惑《はためいわく》なファンってさぁ、周りの空気が読めないんじゃなくて真性のドM《エム》なんだよねぇ。だって、そいつらって、ツッくんにド衝《つ》かれて思いっきり踏んづけてもらいたくて、わざわざテッちゃんにイチャモン付けてるんだから」

龍平がそれを言い出したときには、妙に乾《かわ》いた笑いしか漏れなかった。ドMの実態を想像してか、翼はあからさまに嫌悪《けんお》感丸出しだったが。

「どっちにしろ、傍迷惑野郎《やろう》なことには違いないけど」

真性かどうかは別にして、翼の視界の端《はし》でもいいから自分の存在を知らしめたい。真剣《しんけん》にそ

れを渇望《かつぼう》している者は少なくない。

そういう連中にとって、哲史の存在は『目の上のタンコブ』どころか、我慢《がまん》のできない異物感なのだろう。何がと言って、そいつらが哲史に向かって喚きちらす台詞《せりふ》は、本当に黄金のワンパターンであるからだ。

『いいかげん、邪魔《じゃま》』

『ベタベタまとわりつくな』

『身の程《ほど》を知れ』

『おまえなんか、相応《ふさわ》しくない』

耳タコすぎて、すでに耳化石もいいところである。ボキャブラリーが貧困すぎて、笑う気にもなれない。

そういうおまえらこそ、何様のつもり？

口にすれば、史に激昂《げっこう》して収拾《しゅうしゅう》がつかなくなるのは目に見えているが。それこそ、投げつけられた台詞はそっくりそのまま打ち返したい言葉でもある。

結局。素《す》のままの自分を翼の前に曝《さら》すことができないから、自分に自信がないから、筋違《すじちが》いの因縁を吹っかけてネチネチ絡《から》んでくるだけの臆病《おくびよう》者なのだろう。

そういう歪《いびつ》にねじ曲がった言動に出るのがすべて男であるというのも、なんだかなぁ……という気がしてならない哲史だった。

しかし。

今回のことは、違う。

翼絡みではなく、哲史自身のことだ。

それも、ずいぶんと久しぶりのことで。何かこう……いつもとは違って妙なザワザワ感が抜《ぬ》けない。

(なんで、こうなっちまうかな)

人生、何事も平穏《へいおん》無事であるに越《こ》したことはないが。ある意味、スポーツにアクシデントは付きものである。

バレーの試合中にこぼれ球を深追いした安斎が勢い余って応援《おうえん》席に突《つ》っ込んできたのも、ありがちと言えばありがちだし。体育の授業中にコンタクトレンズが外れることも、あり得ないわけではない。

けれども。予期せぬアクシデントに更に不運が重なって、最悪な展開になる。そんなことは度々《たびたび》あるものではないし、あっては困る。

——はずなのだが。翼の自称親衛隊に因縁を吹っかけられて実害を被《こうむ》ったことといい、緊急クラス会といい、更にはゲタ箱レターといい、気が付いてみればアンラッキーのトリプルパンチ状態だ。

哲史と一年生との相性が最悪なのは、一目瞭然。それはもう、誰に言われるまでもなく自覚アリアリだが。それ以上に、どうも、このところ、運《ツキ》の巡り合わせは最低線を這《は》いずり回っているような気がしてならない哲史だった。

(……バレちゃったよ)

純粋《じゅんすい》な日本人ではあり得ない、青瞳《せいとう》。

突然変異《とつぜんへんい》の——蒼眸《そうぼう》。

今は服飾《ふくしょく》に限らず、様々な色彩《しきさい》で個性をアピールできる時代だ。

『それって、ありえねーだろ』

——的に、頭髪《とうはつ》を派手にカラーリングするのも。

『それって、どうよ？』

奇抜《きばつ》な色で双眸を彩《いろど》るのも。

つまりは。本人さえ満足していれば、似合っていようが顰蹙《ひんしゅく》だろうが関係なく。それこそ、何でもありで。当事者もそれを見る側も、それほどの抵抗《ていこう》はないのかもしれない。

所詮《しょせん》、ファッションだと割り切っているから？

ただのファッションとして、楽しめるだけの気持ちの余裕《よゆう》があるから？

哲史には——なかった。人とは違う色彩を『個性』として割り切れるだけの根性《こんじょう》も、突然変異を楽しめる余裕も……。

言ってしまえば、たかが双眸——なのだが。

それ以外、何の不都合もなければ重大な問題があるわけでもない。たったそれだけのこだわり……と言われてしまえば、それまでなのだが。

それでも。

哲史にとっては、されど蒼眸——なのだった。

哲史が黒のカラーレンズを装着するようになったのは中学一年の夏からであるが、これまで、授業中にレンズが外れてしまうようなアクシデントは一度もなかった。

だからといって、悪慣れしたわけでも注意力散漫《さんまん》になったわけでもない。

備えあれば憂《うれ》いなし。

まさかのときに備えて、ちゃんと予備のレンズはいつでも鞄《かばん》の中に入れてある。まぁ、それはあくまで御守《おまも》りのようなものだったが。

もともと哲史の場合は視力に問題があったわけではないので、黒崎に言われるまで左目のレンズが外れたのにも気が付かなかった。通常の、視力矯正《きょうせい》のためのコンタクトレンズであれば、どちらかが外れてしまえば左右の視力の落差が出てすぐに違和感《いわかん》を覚えただろう。

時間にして、どのくらい失神していたのかはわからないが。目眩《めまい》が収まらず、そのせいで視界が定まらなかったことも事態を悪化させた原因のひとつかもしれない。

ちゃんと見えてさえいれば、少なくとも、自分を見る周囲の奇異《きい》な視線というか、いつもとは違う雰囲気《ふんいき》には気付いたはずだ。……たぶん。

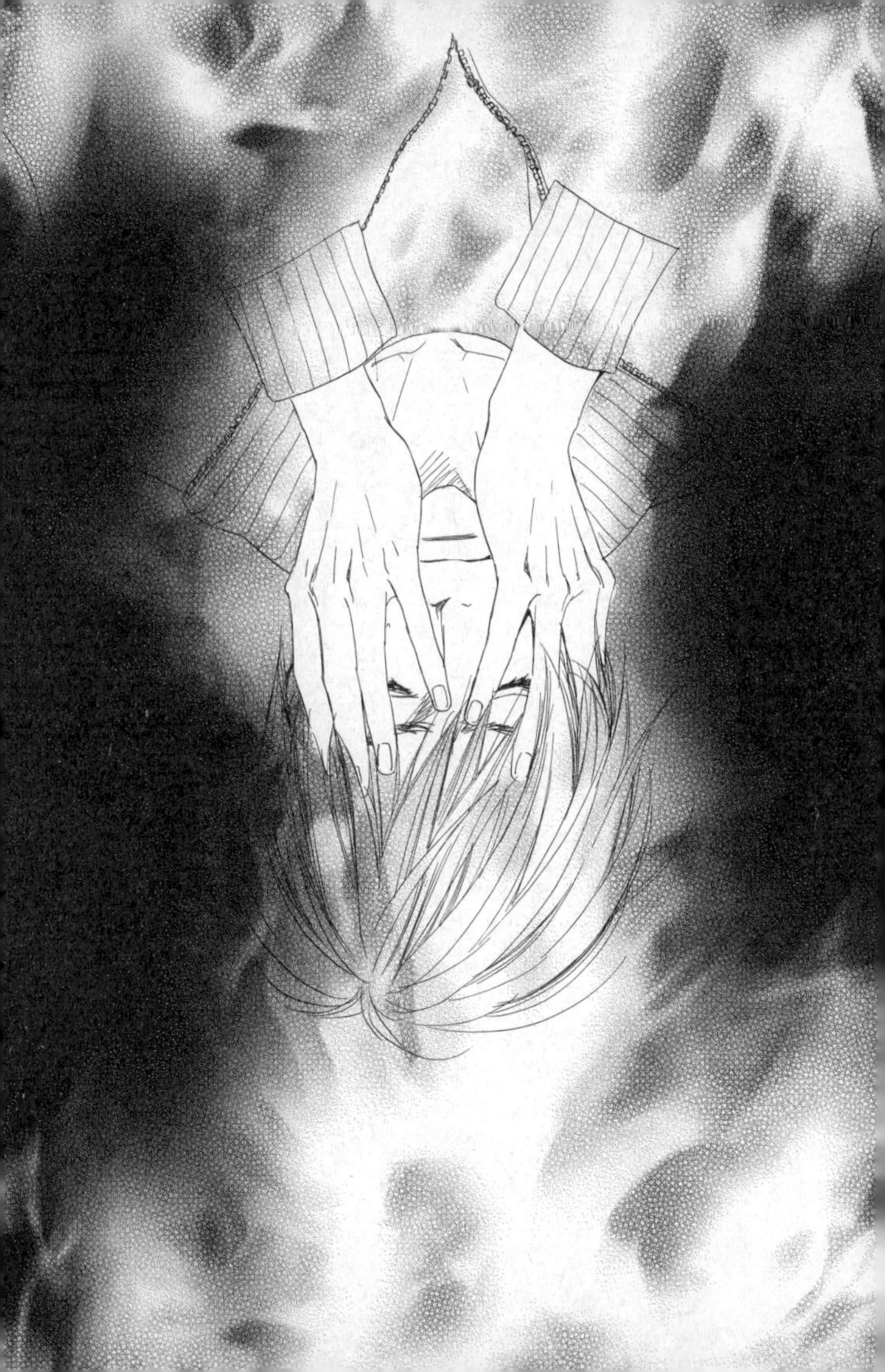

あるいは。最初に声をかけてきたのが藤堂ではなくクラスメートだったら、どうだろう。耳慣れた声であれば、そのトーンの変化で周囲の空気が読めたかもしれない。

そしたら。

……たぶん。

………きっと。

その後の展開はもうちょっと違った——かもしれない。

まぁ、今更、そんな『もし』『たら』『れば』なことを持ち出してもしょうがないが。

(みんな、ビックリしただろうな)

日本人は黒瞳であることが常識だから、それとはまったく違う色など想像もしていなかっただろう。

黒瞳をファッションでカラーリングすることを楽しんでも、その逆はないだろうから。

(藤堂さん、どう思ったかな)

ちゃんとまともに話をしたのは今日が初めてだというのに、だ。

すごく心配してくれていたのは間違いないだろうが、そんな驚愕《きょうがく》ぶりなどチラリとも漏らさなかった。さすが、アクシデントくらいでは動じない執行部《しっこうぶ》会長……なのかもしれない。

(黒崎さんまでパシリに使っちゃったし)

龍平の部活の先輩《せんぱい》というだけで、だ。気安すぎて、もしかしたら顰蹙《ひんしゅく》ものだったかもしれない。

　それにしたって、哲史的には顔面を殴《なぐ》られるよりも痛いアンラッキーである。あとのフォローを考えると、どうにも憂鬱《ゆううつ》になってくる。

　自分の双眸が突然変異の青瞳であることは隠《かく》しようのない事実であっても、今更、それをオープンにしたいなどとは思っていない。

『うわ……マジで真っ青』

『絶対、変』

『ありえねー』

『エイリアンみたい』

『ゲーッ……気色悪《わり》ぃ』

　投げつけられた言葉の痛みは薄《うす》れても、その記憶《きおく》は消えない。たとえ、それを言った本人が忘れてしまっていたとしても。

　このあり得ない突然変異の蒼瞳《あおい》のせいで両親は憎《にく》しみ合って離婚《りこん》し、哲史は父親からも母親からも愛されずに忌避《きひ》された。その現実を事実として受け入れることはできても、両親にとっては自分が要《い》らない子どもであったという真実は無視できない。

　哲史が素のままの青瞳を曝すということは、周囲の好奇《こうき》心を煽《あお》ることに等しかった。刷り込まれる、悪意。

謂《いわ》れのない、偏見《へんけん》。

自分ではどうしようもない、現実。

それでも、ちゃんと自分の足で立っていられたのは祖父母と二人の幼馴染《おさななじ》みがいてくれたからだ。両親には愛されなかったかもしれないが、祖父母は哲史にたっぷりと愛情を注いでくれた。その二人も、すでに逝《い》ってしまったが。

翼も、龍平も、哲史の目はすごく綺麗《きれい》な青色だと言ってくれる。

『空と海のツイン・ブルー』

二人にとってはそれが嘘偽《うそいつわ》りのない本心だと知ってはいても、哲史にとってはいまだに密《ひそ》かなコンプレックス——本音の部分ではトラウマの象徴《しょうちょう》であることに変わりはない。

しかも。よりにもよってこの時期に……と思うと。

(やっぱ、タイミングが最悪？)

どうやってもため息しか出なかった。

◆◇◆◇◆

そのとき。

二年七組は。

いつものように、ざわめいていた。

むろん。窓際《まどぎわ》の自席に座ったまま、ぼんやりと窓の外を見ている翼にとっては、そんなざわめきとは無縁だったが。

(鬱陶しいよなぁ。雨……)

(六時間目が終わるまでに、止《や》まねーかな)

願いも虚《むな》しく、朝から降り続く雨は止む気配すらない。

(また、カッパかよ)

雨の日の自転車通学にレインコートは必須《ひっす》アイテムである。蒸《む》れて、嵩張《かさば》って、邪魔《じゃま》くさい
それが翼は大嫌《だいきら》いだが。

この分だと、登校時同様、学校指定のダサイ《クリーム・イエロー》それを着て自転車に乗らなければならない。

考えるだけで、憂鬱になる。

翼的には、別にビショ濡《ぬ》れで帰ってもまったく構わないのだが。それをやると、間違《まち》いなく
哲史が怒《おこ》る。

「風邪《かぜ》引いたら、どうすんだよ」

開口一番は、まず、翼の体調を気遣《きづか》い。

「蒸れてベタつくのがイヤなのは、俺も同じだって。けど、それだって、家に着くまでのちょっとの我慢《がまん》だろ?」

次に、説教モードが炸裂《さくれつ》し。

「ビショ濡れの制服を乾《かわ》かすのも、大変なんだからな」

最後は、ちょっとだけ拗《す》ねたように翼を睨《にら》む。

真冬なら別だが、この時期に雨に濡れたくらいで風邪を引いて寝込《ねこ》むほどヤワではないし、哲史に睨まれたところで今更痛くも痒《かゆ》くもない……どころか、常日頃は笑顔を絶やさない哲史がたまに眦《まなじり》を吊《つ》り上げると、それはそれで可愛い——などと思ってしまう翼はけっこうラブラブ体質だった。絶対に、そうは見えないだろうが。

排他《はいた》的な独占欲《どくせんよく》。

独善的な執着《しゅうちゃく》心。

そこに少し捻《ねじ》れぎみな嫉妬《しっと》心が加味された翼の視界は、ある意味、ものすごく狭《せま》い。もちろん、それは哲史《恋人》限定であることは言うまでもないことだが。

ある程度の開き直りと。

譲《ゆず》れないプライドと。

絶対的な——信頼《しんらい》。

他人に何を言われてもくずおれない気持ちの在り処《か》は、くっきりと明確だ。少なくとも翼にとっては。

要るモノ。

──要らないモノ。

切り捨てにできること。

──できないこと。

その線引きは実にシンプルだ。世間の常識でもルールでもなく、翼自身の中では。たぶん、哲史と龍平がそうであるように。

だからこそ、自分たち三人は繋《つな》がっていられるのだ。性格も家庭環境《かんきょう》もプライドの在り処さえまったく違《ちが》ってはいるが、自分にとっての『一番』が何であるのかを知っているから。

欠けた部分を補える、絆《きずな》。

翼はそれを、強く意識する。ほかの代替《だいが》え品など考えられないほどに。

（止まねーよな、雨……）

濡れた制服を乾かすのは大変。

翼的に一番のネックは、実は、哲史のその言葉かもしれない。

面倒《めんどう》くさいのと邪魔くさいのは別にして、さすがの翼も、学習能力がないと思われるのは嫌《いや》だった。

確信犯であろうが、なかろうが、

『同じ失敗を二度繰《く》り返すバカは嫌《きら》い』

常々、それを公言して憚《はばか》らない翼だったので。やはり、それは拙《まず》かろう。哲史相手に格好を付ける・付けない以前の問題だった。

しかし。一日中ダラダラと降り続く雨というのは、本当に鬱陶《うっとう》しいことこの上ない。

内心、ため息まじりにそんなことを思っていると。不意に、

「あのぉ……蓮城？」

男子生徒《クラスメート》に声を掛《か》けられた。

（こいつ、誰だっけ？）

いまだに、クラスメートの顔も名前もロクに覚えていない翼だった。それで何の不都合もないのが、いかにも翼……だったが。

——何？

言葉にはせず、眼力を込める。

とたん。一瞬《いっしゅん》、ウッと口ごもって、

「あ……その、呼んでる……んだけど……」

彼はフラフラと視線を泳がせた。できれば目を合わせたくないというより、なんで自分がこんな貧乏《びんぼう》クジを……と思っているのが丸わかり。

「誰が？」

「さ…三年の、バスケ部主将……」

半ばしどろもどろに吐《は》き出されたその肩書きが、あまりにも思いがけなくて。

（バスケ部、主将？）

わずかに翼が目を眇《すが》めると。今度は、ヒクリと息を呑《の》んで逃《に》げ腰《ごし》になった。まぁ、それも今更――だったが。

このクラスで翼とまともに視線を合わせて目を逸《そ》らさず、しかもタメ口をきける豪傑《ごうけつ》といったら、たぶん鳴海貴一《なるみきいち》くらいなものだろう。

翼とは別の意味で自分だけの価値観を貫《つらぬ》いている鳴海も、クラスに埋没《まいぼつ》しない希有《けう》な存在だった。翼が、その顔をフルネームで認識《にんしき》できるくらいには。

（なんで、黒崎？）

クラスメートの名前は覚えていなくても、バスケ部主将の名前は知っている。

――などと言えば、きっと、誰もが唖然《あぜん》とするに違いないが。龍平の日常会話の中にバスケ部の話がよく出てくるのだから、しょうがない。

毎回、沙神高校バスケ部の試合になれば、欠かさず龍平の応援《おうえん》に出かけていく哲史はそこそこに『通』らしいが。翼は龍平の活躍《かつやく》には一目置いていても、バスケ部にはまったく興味も関心もない。

だが。一見無駄《むだ》話のようで着眼点が妙に鋭《するど》い龍平の話を聞くのは面白《おもしろ》いので、とりあえず、顔は知らなくても男子バスケ部員の名前だけは自然にインプットされた。その名前だけでそれぞれの性格がイメージできるくらいには、充分《じゅうぶん》耳タコだった。

なので。黒崎とは針の先ほどの接点もなければ、視線を合わせたこともない。ましてや、黒崎に名指しされる覚えなどまったく思い当たらなかった。

（……なんだ？）

しんなりと、翼は眉《まゆ》をひそめる。

一面識もないのに、黒崎が翼のクラスにまでやってくる――理由。

用があるのなら放課後まで待てばいいのに、六時間目が始まる前の十分休みにわざわざ翼を名指しする――不自然。

（わけ、わかんねー……）

これが龍平ならば、別に何の違和感もない。バスケ部の先輩＆後輩という一目瞭然の括《くく》りがあるからだ。

だが。翼相手では、どうやったって不自然すぎて違和感が拭《ぬぐ》えない。

翼がそれを思うくらいだから、伝言役のクラスメートもそうだろう。むろん、思っていたとしても、それ以前に自分がその役を押しつけられた不運を嘆《なげ》いているかもしれないが。

（まっ、聞いてみりゃわかるか）

それを思って、席を立つ。

普段《ふだん》の翼ならば、縦社会の仁義も礼儀《れいぎ》も関係なく、

『用があるなら、人を呼びつける前にてめーが来いッ』

あっさりと無視を決め込むところなのだが。相手が黒崎ということで、訳がわからないまでも……いや、だからこそ妙な引っかかりを感じたのも事実だ。

なぜ？

──龍平ではなく。

どうして？

──自分なのか。

そのとたん。

ざわついていた教室が露骨《ろこつ》にシンと静まり返った。見て見ない振《ふ》りをしながらも、しっかり聞き耳は立てていたということだろう。

当然のことながら、翼は見事に黙殺《もくさつ》──である。

廊下《ろうか》に出ると、ひときわデカい深紅《ワインレッド》のジャージ姿が目に入った。ハードな部活浸《づ》けの龍平はみっちりと筋肉質でその体格もズバ抜《ぬ》けているが、黒崎は更に肉厚でガッチリとしている。

（ゴール下のダンプカー……だっけ？）

敵陣《てきじん》へ勇猛果敢《ゆうもうかかん》に突《つ》っ込んでいくその姿を揶揄《やゆ》されてそういうあだ名で呼ばれているのだと、龍平が言っていたのを思い出す。

それを言う龍平は、コートの中に入ればまるっきりの別人──らしい。翼は、そんな別人モードが入った『バスケ仕様』の龍平を生《ナマ》で拝んだことは一度もないが。

「そりゃもう、どこもかしこもキリキリに締《し》まって、ホントにカッコイイぞぉ。翼とは違った意味でオーラ全開？」

哲史が言うのだから、間違《まちが》いないだろう。

それでも。

「普段より男ぶりが三倍増し？」

哲史はそんなふうに冗談《じょうだん》で茶化しても、バスケ・モードの龍平の方がいいとは絶対に言わない。それはあくまで、コートの中での擬似《ぎじ》人格だからだ。

龍平の本質は、裏表のない大らかさだ。自分の正義感を押しつけるわけではなく、納得《なっとく》できないことにはきちんと自己主張できる素直《すなお》さと強さ。それがいいのだ。

さすがに、二学年のテリトリーである三階でジャージ姿の黒崎は目立ちすぎるのか、廊下でざわついている者たちも、物珍《ものめずら》しげな……訝《いぶか》しげな視線で黒崎を見ている。

(悪目立ちもいいトコ)

言ってしまえば、それに尽《つ》きる。たぶん、黒崎も翼だけには言われたくないだろうが。

そんな黒崎の方へと翼が歩み寄っていくと、今度は、皆《みな》が皆、別の意味でざわついた。

翼と、黒崎。

誰もが予想もできない取り合わせというより、『美貌《びぼう》のカリスマと、体育会系部《バスケ》の猛者《もさ》』

そのあまりなミスマッチぶりに皆が唖然と声を呑み、目を瞠《みは》り、いったい何事が始まるのかと興味津々《きょうみしんしん》だった。

「——何？」

視線が合うなり、翼が口火を切った。

体格・年齢《ねんれい》差に関係なく、誰が相手であっても常に上から目線な翼の不遜《ふそん》な口調も今更なのか、黒崎は別段眉をひそめることもなく、

「時間もないんで、簡潔に用件だけ言う」

そう前置きをして、

「ついさっき、体育館でアクシデントがあって杉本が保健室に運ばれた」

切り出した。

それだけで、ザックリと翼の顔色が変わった。

三年生である黒崎が、どうしてそんなことを知っているのか？

——という疑問より。

その『アクシデント』が、いったい何なのか？

——ということより。

翼にとっては『哲史がケガをしたかもしれない』という現実が何より最優先で。居ても立ってもいられなくて、思わず身を翻《ひるがえ》した。

翻そうとして、黒崎にその手をガッチリと掴《つか》まれてしまった。

……いや。

「——放せ」

低く怒気《どき》を放って、翼が上目遣《うわめづか》いに凄《すご》む。

(邪魔《じゃま》すんじゃねー。ブッ殺すぞ、てめー)

切れ上がった眦《まなじり》の険悪さは充分に伝わったはずだ。

それでも、怯《ひる》むことなく、掴んだ手を放さないでいられたのは上級生としてのプライドだったかもしれない。

「話は最後まで聞けって」

さすがに、その声はわずかに上擦《うわず》っていたが。

「なら、さっさと吐《は》け」

翼の口調にそれと知れる苛立《いらだ》ちが透《す》けた。

こんなところで黒崎とモメている暇《ひま》はない。保健室に運ばれたという哲史の容態を黒崎に聞くより、まず、ちゃんと自分の目で確かめたかった。

そうでなければ、安心できない。だから、

『早くッ』

『もったい付けずにッ』

『さっさと言えッ！』

切羽《せっぱ》詰《つ》まった剣呑《けんのん》さだけが先走る。

——が。

「そのとき、杉本の左目のコンタクトが飛んだ」

黒崎の言葉に思うさま横っ面《つら》を張られたような気がして、翼は唖然《あぜん》と双眸を見開いた。

カラーレンズが飛んだということは、今、哲史の蒼《あお》い目は剝《む》き出し状態になっているということだ。

「……マジ？」

声が、わずかに掠《かす》れた。

コクリと、黒崎が頷《うなず》く。

（そりゃ、マズイだろ）

どういう状態でそうなったのかが、問題ではなく。哲史の秘密がいきなりオープンになってしまったことがだ。

（——ヤバイだろ）

自分の目に対する哲史のこだわりは、翼が思っている以上に重い。予想外のアクシデントでそうなってしまったのなら、哲史の動揺《どうよう》は倍増しに違いない。

「それで、杉本が、おまえに予備のレンズを持ってきてもらいたいそうだ」

——なぜ？

——どうして？

哲史が、それを黒崎に頼《たの》んだのか。

翼にしてみれば、そんなことを無駄に詮索《せんさく》している時間も惜《お》しかった。

「……わかった」

それだけ言って、翼は黒崎の手を振り払《はら》った。

◆◇◆◇◆

足早に去っていく翼の後ろ姿を見やって。

（はぁぁ……………）

黒崎は、この日、何度目になるかわからないため息を深々と漏らした。

世間様では、

『ため息をつくたびに幸せが逃げていく』

などと言うそうだから、きっと、黒崎の明日は暗い。日頃はそんな何の根拠《こんきょ》もない言葉は鼻先で笑い飛ばすのだが、つい、そんな気分になった。

けっこう、疲《つか》れてる？

――いや。

わずか一時間くらいの間で、怒濤《どとう》のような疲労感《ひろうかん》……。

まさに、そんな感じである。

肉体的にも。

精神的にも。

毎日の部活はもちろん、バスケの試合のときだってこんなには疲れない――ような気がする黒崎であった。

だから、だろうか。最後の最後で、

「つーか……怖《こわ》すぎだろ」

ポロリと、本音が溢《こぼ》れた。

自分で思っていた以上に緊張《きんちょう》していた――らしい。それを今更のように自覚して、

（なんだかなぁ……）

また、ため息が漏《も》れた。

「どんなプレッシャーだよ？」

ひとりごちて、唐突《とうとつ》に、そうだと気付く。

（そうか……。プレッシャーか）

それで、ようやく胸のモヤモヤが少しだけ晴れたような気がした。

たかが、後輩。

実際には、そう言いきってしまうほどの付き合いなどないに等しい。いや……付き合いどころか、今日、初めて視線を合わせて口をきいた。

それを言うなら、哲史ともだが。日常の部活でも龍平が派手に『テッちゃん』を連発するせいか、哲史とはすでに顔馴染《かおなじ》みのような錯覚《さっかく》があって、どうも初めてしゃべったという気がしない。

だが。哲史に対してはそういう既視感《きしかん》めいたものはあっても、翼にはない。

第一、キャラがまったく違う。

『つるむ』

『馴染む』

『協調する』

はっきり言って。翼からは、まったくそんな言葉はイメージできない。実際には、派手な三倍返しを公言するほど哲史とは親密なのにだ。

ランチタイムになると、翼は龍平ともども哲史のクラスに出向いていく。一年の頃《ころ》から、つとに有名な話である。しかも、現在進行形……。

それを知ったときには、

「マジかよ？」

「それって、ありえねーだろ」

「おまえら、幼稚園児か?」

皆が皆、呆れるというよりは半ば顔を引きつらせたものだが。そのために、哲史のクラスでは『キング』と『プリンス』の椅子《いす》なるものが存在する――と知ったときには、もはや乾《かわ》いた笑いしか漏れなかった。

しかも。二年三組では毎日、全員が弁当だという。

ただの一人も、学生食堂を利用する者がいない。

それは偶然《ぐうぜん》というより、どこから見ても不自然だろう。黒崎に限らず、上級生は皆そう思っているはずだ。

毒されているのか。

慣れるしかないのか。

あるいは……染まる以外に選択肢《せんたくし》はなかったのか。

三人組とはリアルでランチタイムを実体験したことがない三年生には、そこらへんの事情と心情はイマイチよくわからない。

それでも。翼が、哲史の手作り弁当しか食わないというのは衝撃《しょうげき》的事実である。

「ツッくん、テッちゃんの弁当で餌付《えづ》けされたんだよ」

龍平の爆弾《ばくだん》発言の威力《いりょく》は凄《すご》かった――らしい。当の翼が一言も否定しなかったというのも、二重の衝撃だ。

しかも、哲史が中学時代から翼の弁当係をやっていた——と聞けば、もはや絶句するしかない。スキンシップ過剰《かじょう》と言われている龍平ですら、そこまで非常識ではないだろう。

蓮城翼の親って、どうよ？

放任主義？

それとも、無関心？

常識で考えて、我が子にそこまで無関心な親というのが……わからない。

散々物議を醸《かも》している上級生組の盛り上がり方とは逆に、幼馴染《おさななじ》み三人組はむしろ平然としている。彼らにとっては、たかが弁当——なのだろう。

もっとも。ちゃんと自分の弁当箱を持参している龍平が好き勝手に哲史のオカズを摘《つま》んでいるらしいのは、また別の話だが。

やってることは龍平と大して変わらないのに、なのに……どうしても、翼には孤高《ここう》というイメージの刷り込みが入る。

（それって、どういう条件反射だよ？）

黒崎にしてからが、思わず頭をヒネりたくなるほどに。

とにもかくにも。その哲史に『お願い』されて七組までやってきたわけだが、翼が何組であるのかまで聞いたわけではない。

わざわざ聞かなくても、とうに知っていた。

この沙神高校で、蓮城翼と市村龍平のクラスを知らない奴はいないだろう。執行部会長である藤堂が三年五組であることは知らなくても、あの二人が何組であるのかを知らないのはモグりだ。それだけは、キッパリと断言できる。

もちろん。男子と女子の間では、その温度差は顕著《けんちょ》だったりするかもしれないが。

わずか一歳違いでも、先輩は先輩。

別に体育会系ではなくても、それは人間関係の常識というものだろう。

なのに、その一言では収まりきらない存在感というモノをヒシヒシと実感してしまう。

(やっぱ、蓮城……ってか？)

眼力勝負にはそれなりの自負があったはずなのに、遠目で見るのと間近にするのとでは大違《おおちが》いということなのだろう。

わかっているようで、まるでわかっていなかった。

——何が？

内封《ないふう》されたモノの、真の密度が。

たとえて言うなら。『蓮城翼』は海に浮かぶ氷塊《ひょうかい》みたいなものなのかもしれない。見える部分より、見えない部分の方がデカくて……凄い。そういうことなのだろう。

表面だけ見てイメージしていたモノより、もっとずっと奥が深い。

それはバスケ部の後輩である『市村龍平』という先例があって、人は見かけによらないものだと充分《じゅうぶん》わかっていたはずなのに、その認識《にんしき》はまだまだ甘かったらしい。

バスケは、謂《い》わばコートの中の肉弾《にくだん》戦である。

投げて。

走って。

跳《と》んで。

弾《はじ》いて。

――叩《たた》き落とす。

基本をみっちりこなして、これでもかと言うほど練習を繰《く》り返しても、ほんのわずかボールを掴《つか》むタイミングを見誤ってしまえばミスに繋《つな》がる。ケガをしてもいいなどとは微塵《みじん》も思っていないが、避《さ》けられないアクシデントもある。

試合になれば、どこかしらがぶつかって、気が付いてみれば青痣《あおあざ》になっていたことなど珍《めずら》しくもなかったし。腕《うで》が顔面を直撃《ちょくげき》したこともあれば、リング下で揉《も》み合って肘《ひじ》撃ちを喰《く》らったこともある。

一点差を争うゲームは気迫《きはく》と気迫のぶつかり合いであるから、退《ひ》いたら負ける。

センスは生まれ持った天賦《てんぷ》だが、技術《テクニック》は地道な努力と練習でも開花する。それでも、気持ちで負けたら試合には勝てない。

――この野郎《やろう》ッ。

――死ねッ。

――ブッ殺すッ。

どうしようもない切迫感で、あるいは自分自身を鼓舞《こぶ》する意味で、そういう言葉を奥歯で軋《きし》らせたことがないとは言わない。

だが。先ほどの翼のそれは、剣呑《けんのん》すぎて思わず肝《きも》が冷えた。

三倍返しを公言する翼の有言実行ぶりはあまりにも有名だが、実際に体験した者の実例は限られている。にもかかわらず、その極悪最凶《ごくあくさいきょう》のイメージがまるで実体験したかのように語られるのは、普段の翼が醸し出すモノとダブるからだろう。

非の打ち所のない美貌《びぼう》は親近感を排除《はいじょ》する。

硬質《こうしつ》というよりは、冷然。

隔絶《かくぜつ》というには過ぎるほどの、絶壁《ぜっぺき》感。

視線ひとつで周囲を凍《こお》らせるそのイメージがあまりにも強くて、パンピーはまともに目も合わせられない。

けれども。ただ想像するのとリアルに実体験させられるのとではそこに雲泥《うんでい》の差があることを、黒崎は否応《いやおう》なく自覚させられてしまった。

自称《じしょう》親衛隊の連中が翼にシバき倒されて不登校になってしまったとき、上級生組は、

「根性《こんじょう》なし」

「ヤワすぎ」

「バカすぎて使えない」

——だの何だの、好き勝手に吐《は》きまくったものだが。翼の真髄《しんずい》がどこにあるのかを実体験した者としてない者との温度差みたいなものを実感して、

（あれをやられたら、さすがにビビるよなぁ）

黒崎は、彼らの気持ちが遅《おそ》まきながらちょっとだけわかったような気がした。

それにもまして、

（けど……蓮城でも、やっぱ、あーゆー顔をするんだな）

今更のように実感させられてしまった。翼にとっての哲史が、どういう存在なのかを。

——いや。翼だけではなく、龍平にとってもだが。

今までは、翼の三倍返しも龍平の大魔神《だいまじん》ぶりも、

『あまりに仲がよすぎて視界の暴力』

——的な延長線上のようにも思えたのだが。今日、

『蒼《あお》い目の杉本哲史』

その予想外のハプニングを目の当《ま》たりにして、見えていなかった真実の裏側までこっそりと覗《のぞ》き見てしまったような気がして。それがただバツの悪さというのではなく、興味本位ではと

ても口にできないようなモノを感じて……。

（あいつらの関係って、見た目以上に複雑なのかもなぁ）

それを思うと、まさに『目からウロコ』状態になってしまった黒崎だった。

◆◇◆◇◆

そのとき。

二年三組のドアを開けて、龍平がヒョッコリ顔を覗かせると。

「……え？」

「市村君？」

「ウソぉ……」

「ヤだ、ホント？」

「なぁに？」

「どうしたの？」

当然のことのように、女子たちが色めき立った。

『一番好きなのはテッちゃん』

それを公言して憚《はばか》らない龍平の哲史への懐《なつ》き方というか、言動というか。日頃の過剰《かじょう》なスキンシップぶりがあまりにも有名なので、四六時中、それこそ暇《ひま》さえあれば哲史の教室までやって来てジャレついているように思われがちだが。実のところ、ランチタイム以外、龍平が三組にやってくることなど滅多《めった》にない。

二年生だけが知る、常識である。

憧《あこが》れの王子様のほかでは見られない真実の姿――溢《あふ》れるような満開の笑顔《えがお》の真髄とか、日常生活のごくごくプライベートな部分とか、それをほんの目と鼻の先で存分に堪能《たんのう》できる眼福にはタイムリミットがある。その事実を日々実感させられている三組の女子たちは、その物珍《ものめずら》しさに……思いがけないラッキーに、いったい何事かと思ったのだ。

その龍平は、お目当ての哲史の姿が見えなくて、

「……あれ？」

わずかに首を傾《かし》げた。

それだけで。

――きゃぁぁッ♡

――いやぁぁん♡

――可愛いぃぃッ♡

女子たちの声なきピンク・ウエーブが盛り上がる。実にわかりやすいリアクションに、

――おい、おい、おい……。

――おまえら、露骨《ろこつ》ぅ。

――この差は何って、感じ。

いつもは、男子たちのため息がそこかしこで漏れるものなのだが。今日は、少しばかり様子が違う。

哲史だけではなく、三組の男子はまだ誰も体育館から戻《もど》ってきていない。

（なんだ。まだ、みんな帰ってきてないんだ？）

それを思い、腕時計《うでどけい》を見る。

（……って、もうじき六時間目が始まっちゃうのに？）

ありがちといえば、ありがち……なのだが。それにしても、少しばかり遅すぎるのではないだろうか。

「市村君、どうしたの？」

「――え？」

「何か、用？」

「男子、まだ戻ってきてないみたいだね？」

「杉本君に用だった？」

言わずもがなの台詞《せりふ》に、龍平はニコリと頷《うなず》く。

「ウン。そうなんだけど……」

「ホント。遅いわよねぇ、男子」

「何やってんのかな」

「のんびりしてるよね」

口々に言いながら、女子たちは龍平のいる前方のドアに寄ってくる。

龍平と語るのに、少しでも良い位置を確保しようとしているのがミエミエ。まぁ、それも見慣れた光景ではあるのだが。

「女子も、体育だよね？」

同じ体育なのに、どうして男子と女子ではこんなに差があるのだろう。普通《ふつう》、着替《きが》えに手間取るのは女子の方なのではなかろうか。素朴《そぼく》な疑問が龍平の唇《くちびる》をついて出る。

「あたしたち、今日は四組で保健体育だったから」

「そうなんだ？」

「そうなの」

「退屈《たいくつ》だったけどね」

予定外のお楽しみトークに、女子たちは満面の笑みである。いつも以上に、口も軽《かろ》やかだ。

もし男子が……哲史がいつも通りに体育館から戻ってきていたら、こんなチャンスは万にひとつもない。

――杉本君いなくて、超ラッキー♡

――あたしたち、今日は保健体育でよかったぁ♡

――男子、このまま帰ってこなくてもいいわよぉ♡

この場でそれを思わない女子はいないだろう。もしかして、ツックんに電子辞書を貸してもらった方が早いかも……

(ンじゃ、ギリギリになっちゃうかなぁ。もしかして、ツックんに電子辞書を貸してもらった方が早いかも……)

チラリと、それを思ったとき。

突然《とつぜん》。

後方のドアがガラリと開いて、翼が駆《か》け込んできた。もののたとえなどではなく、まさしく、そうだったのだ。

――蓮城君?

――ウソ。

――なんで?

――どうして?

ピンクのハートが飛び交《か》っていたクラス内のざわめきは、一気に冷え込む。

龍平同様、翼もランチタイム以外は三組には寄りつかない。

それなのに――なぜ?

「ツックん?」

思わず目を瞠《みは》ったのは、こんな時間帯にいきなり翼が現れたからではない。その顔つきが、いつもの……見慣れた翼ではなかったからだ。

（どうしたの、ッッくん）

龍平が呆気《あっけ》にとられてしまうほど、翼の表情は硬《かた》かった。――と、言うより、いつもとはまるで違う余裕《よゆう》のなさだった。

ただでさえ翼には苦手意識を持っている……危険度の認識《にんしき》レベルはすでにレッドラインを振《ふ》り切ってしまっている女子たちは、それだけでもう、声もなく固まってしまっている。

（……なんで？）

普段の翼は、いつも余裕だ。

龍平も翼も、その言動はセコセコした気忙《きぜわ》しさとは無縁《むえん》だが。万事において天然系のユルさが目立つ龍平とは違って、翼の場合はまさに威風《いふう》堂々である。いや……隙《すき》のない余裕も更に突《つ》き抜《ぬ》けて、歳のわりにはえらく不遜《ふそん》に見えないこともない。

ただのカッコ付けではなく、高飛車なのだ。

エラソーなのではなく、威圧感《いあつかん》丸出しなのだ。

翼を前にすると、たいがいの連中は意味もなく劣等感《れっとう》を掻《か》き毟《むし》られる。パンピーはすぐに白旗を掲《かか》げて無言のままこぞって退《ひ》くが、なまじプライドのある奴は無駄に敵愾心《てきがいしん》を燃やして墓《ぼ》穴《けっ》を掘《ほ》って自滅《じめつ》する。

翼の切羽詰《せっぱつ》まった顔など、滅多に拝めない。

そんな翼が余裕をなくすのは、顔色を変えるのは、たいがいが哲史絡みと決まっている。

（テッちゃんに、何かあった？）

それを思って、龍平の顔つきもしんなりと色をなくした。

翼はそのままガツガツと哲史の机まで歩み寄ってきて、いきなり鞄《かばん》の中をまさぐりだした。

（何……やってんの、ツッくん）

唖然《あぜん》とする。

普段の翼なら、そんなことはしない。たかが鞄とはいえ哲史のプライバシーを勝手に弄《いじ》くり回すなど、絶対にない。

それを思うと、もうじっとしてはいられなくて。龍平は、

「ちょっと、どいてッ」

女子たちを強引《ごういん》に押しのける。

「邪魔《じゃま》ッ」

声高《こわだか》に怒鳴《どな》って、かき分ける。

普段では絶対に考えられない龍平のいきなりの行動に女子たちが「キャッ！」と悲鳴を上げるが、構ってなどいられない。

「ツッくん！」

——と、翼は。一瞬《いっしゅん》、ビックリしたような顔を向けて。

「詳《くわ》しいことは黒崎に聞けッ」

口早に言い捨てると、哲史のカバンの中から何かを摑《つか》んですぐさま駆け出していった。

「……え？」

何が何だかわからずに、龍平は取り残される。

「黒崎？……って、黒崎先輩《せんぱい》のこと？」

半ば唖然として。それでも、次の瞬間にはもう、龍平は走り出した。

◆◇◆◇◆

三階から二階へと降りる階段の途中。

哲史からの伝言を無事に翼に伝えることができて、とりあえず自分の為《な》すべき事は終わった黒崎の足取りは先ほどまでよりも幾分軽かった。

（チャッチャと着替えてしまわないと……）

六時間目が始まる間際《まぎわ》になってもいまだにジャージのままでは、いくらなんでもさすがにマズイだろう。

——と。

「黒崎先輩ッ！」

耳慣れた声がいきなり頭上から降ってきて。

（……市村？）

思わず、足を止め。条件反射のごとく、振り返って。

（――ゲッ）

黒崎は思いっきり後悔《こうかい》した。

ダッ。

ダッ――と。二段飛ばしの大股《おおまた》で駆け寄ってくる龍平の顔つきは、日頃のまったり感など微《み》塵《じん》もない。それどころか、笑《え》みのない眦《まなじり》は妙にキリキリと吊《つ》り上がっていた。

なんだ？

どうしたッ？

それを思うより先に、トラブルの予感にブチ当たる。さっきの今で、

（勘弁《かんべん》してくれよぉぉ……）

思わず、天を仰《あお》ぎたくなる黒崎であった。

「ツッくん、どうしたの？」

いきなり問答無用で問い詰《つ》められて、一瞬、ドキリと言葉に詰まった。

「ツッくん、いきなり三組に駆け込んできたかと思うと、テッちゃんのカバン引っかき回して慌《あわ》てて出て行ったんだけど？」

それは、だから、予備のカラーレンズを探していたのだろう。

（それにしたって目聡《めざと》すぎだろ、おまえ）

つい、それを思っても。龍平が十分休みに哲史のクラスにいても、何の不自然も違和感も覚えない黒崎だった。

それこそ、過剰《かじょう》なスキンシップで哲史に懐《なつ》き倒《たお》す龍平——という立派な刷り込みである。

「なんか、スゲー焦《あせ》ってて。あんな余裕のないツッくん見たの久しぶり」

黒崎は、初めて見た。

モロ、心臓に悪かった。

正直言って。あの手の顔をした翼には、二度と近寄りたくない。

「つーか、ツッくんがあーゆー顔するときは、絶対にテッちゃん絡みに決まってるし」

さすが、ツーカーというところか。

「何があったの？」

（なんで、それを俺に聞く？）

それを問う前に、

「ツッくんが、黒崎先輩に聞けって」

龍平がガッガッと詰め寄る。

(結局、それかよ？)

手抜《てぬ》きしたというより、翼的には、龍平に状況《じょうきょう》説明をする時間も惜《お》しかったということなのだろう。

「ねぇ、どういうこと？　テッちゃん、どうしたの？　ツッくんに何を言ったの？」

日頃のユルさがまるで嘘《うそ》みたいに、龍平が口早にまくし立てる。

見た目は真逆な二人なのに、哲史絡みでスイッチが入るとまったく同じ顔をする。

(こいつらって、ホント、侮《あなど》れないよな)

類は友を呼ぶのではなく、要するに、根っこの部分がクリソツなのだろう。

それを思った——とたん。

六時間目のチャイムが鳴った。

しかし。龍平は微動《びどう》だにしない。黒崎を凝視《ぎょうし》した視線を逸《そ》らしもしない。

チャイムなど、まるで聞こえていないのか。

それとも——完璧《かんぺき》に黙殺《もくさつ》モードなのか。

どちらにしろ、こうなったら龍平はテコでも動かないだろう。

黒崎にしたところで、適当にあしらうことなどできないし。とりあえず……で、誤魔化《ごまか》しもきかないに違いない。

翼は『なぜ?』も『どうして?』も発することなくスッ飛んでいったが、龍平は納得《なっとく》いく答えが得られるまでは黒崎を解放してはくれないだろう。

しょうがなく、黒崎も腹を括《くく》る。

「五時間目、俺たちも体育館だったんだよ」

六時間目をフケる覚悟《かくご》で、やおら口を開いた。この際、授業欠席の理由は藤堂が適当に考えてくれることを期待するしかないだろう。

＊＊＊＊＊　III　＊＊＊＊＊

和泉の言う『フォロー』になったかどうかはわからないが、一応は、ガッツリとブチカマして。とりあえず、自分のやるべきことをやり終えた藤堂は、

「じゃ、あとはヨロシク」

モロモロの後始末は体育委員である和泉に丸投げし、

「おい、藤堂。ヤリ逃《に》げすんじゃねーって」

当然のごとく上がった和泉の不平不満を、

「俺、ちょっと保健室に寄ってくるから」

サラリとかわし。そのまま、足早に保健室へと向かった。

哲史のことは黒崎に任せたものの、どうにも気になってしょうがなかった。怪我《けが》の具合もそうだが、青瞳のことがバレバレになってしまったと知ったあとの哲史の心理状態が。

(んー……やっぱ、こういうのも越権行為《えっけんこうい》?)

根っから体育会系の黒崎が、いったいどんなフォローをしたのか。主将という肩書《かたが》きを持っ

ているからには、そこらへんの機微《きび》にも充分《じゆうぶん》精通してはいるだろうが……気になった。だから
といって、今更、藤堂が保健室に行っても何の役にも立たないのは百も承知で。

ただ、このままモヤモヤ感を引き摺《ず》ったままではどうにも気分的にスッキリしなくて。

そういうのは、藤堂のポリシーに反する。

それこそ、ただの言い訳なのかもしれないが。グダグダ悩《なや》むよりは、即《そく》、行動。結果はあと
から付いてくる。それが藤堂の基本だった。

ドアをノックして。

「失礼します」

一声かけて、入る。

普段は閑散《かんさん》としているはずの保健室も、今日ばかりはさすがに満杯《まんぱい》状態……だと思ったが。

予想外に、ひっそりとしていた。

――どころか、誰もいなかった。

「……あれ？」

（なんで？）

思わず首を捻《ひね》ると、ガラリとドアが開いた。振《ふ》り返ると、校医の井川が驚《おどろ》いたように目を見
開いていた。

「藤堂君、どうした？」

直接的にはまったく面識のない井川に名前で呼ばれても、藤堂は別に驚きもしない。沙神高校生徒会執行部会長という肩書きは、伊達《だて》ではないのだ。顔も名前も、本人が思っている以上に校舎の隅々《すみずみ》にまで知れ渡《わた》っている。

「あ……いえ、ちょっと、どんな様子か気になって」

ジャージ姿のままの藤堂を見て井川はそれで納得《なっとく》したのか、深々とため息を漏《も》らした。

「体育館の三年生って、藤堂君のクラスだったんだね？」

「はい。二年と半分ずつ使っていました」

「まったくねぇ。授業中のアクシデントも、ひとつ間違《まちが》えば大変だから」

よくよく考えてみれば、自分たち三年が正規の授業である二年の分を横取りしてしまったからその分狭《せま》くなって、あの事故を誘発《ゆうはつ》してしまったのではないか。つい、そんなふうにも思えて……。なんとも苦い気持ちになる。

今になって『たら・れば』の話をしてもどうにもならないが、負のダメージはそうやって連《れん》鎖《さ》するものなのかもしれない。

「でも、君たちがいてくれたおかげで二年生も無駄にパニくらなくて済んだみたいだし。ホント、よかったよ」

「そうでしょうか？」

「そうだよ。頼《たよ》りになる上級生がいると思うとそれだけで心強いし、負担も軽くなるしね。不幸中の幸いかな」

第三者にそう言ってもらえると、気分的には楽になる。そう思うこと自体、普段の藤堂からは考えられないことなのかもしれないが。

「……で、あの、ケガした二年は？」

「とりあえず、順次、タクシーで木原《きはら》病院に連れて行って、残っているのは杉本君だけ……なんだけど」

わずかに含《ふく》みを持たせて、井川が言葉を濁《にご》す。

「はぁ、そうですか」

（なんで、杉本だけ居残り？）

それを思いつつ、藤堂はカーテンで仕切られた向こうに目をやる。

「じゃ、ちょっと、話をしてもいいですか？」

「手短に、ね？」

「はい」

軽く一礼して、藤堂はカーテンのそばまで歩み寄り、

「開けるぞ」

声をかけた。

できるだけ静かにカーテンを開閉すると、ベッドに寝《ね》ていた哲史がわずかに身じろいだ。目

は瞑《つぶ》っていたが、別に眠《ねむ》っていたわけではなさそうだった。

「よぉ、杉本。どうだ？」

「……はい。だいぶ、よくなりました」

わずかに声は掠《かす》れてはいるが、しっかりとした口調だった。

「……そうか」

「すみません。なんか、すっかり迷惑《めいわく》をかけちゃって……」

言葉は返っても、色違いの目は相変わらず閉じられたままで。藤堂は、何とも言えない気分になる。

（こっちが思っている以上に、目のことは気にしてるってことか）

たぶん、そういうことなのだろう。

偶然《ぐうぜん》であろうが、必然であろうが、あったことはなかったことにはできない。それが哲史の何を、どこを、どんなふうに掻《か》き毟《むし》ろうともだ。

（やっぱり、一発ブチカマしておいて正解だったよな）

それを実感せずにはいられない。

事実を嘘《うそ》でねじ曲げることはできないが、見てしまったものを口外しないことはできる。簡単そうに見えて、実は、それが一番難しいのかもしれないが。

嘘か本当かもわからない『噂』がスキャンダラスに燃え広がるのは、誰も彼もが、共通の話題で簡単に盛り上がれるからだ。

そこに覗《のぞ》き趣味《しゅみ》の快感はあっても、個々の品性は関係ない。悪意があろうがなかろうが、気分は傍観者《ぼうかん》である。皆で盛り上がることが最大のポイントである。モラルは要《い》らない。

聞きかじったことに多少の色を付けても、誰も文句は言わない。『らしいよ？』の一言で、すべては免罪符《めんざいふ》になる。

たかが噂……。そうやって、面白《おもしろ》おかしくジョークにしてしまえる連中が一番タチが悪いのだろう。

だったら、大事なことは垂れ流さないに限る。それが、唯一《ゆいいつ》の自衛手段というものだろう。

頭ごなしに強制することがいいとか悪いとか、もはやそんな問題ではないように思えた。

「別に迷惑なんかじゃないさ。あれはアクシデントだからな。できる奴ができることをする。それだけだ」

「――はい」

とりあえず、藤堂はホッとする。

その顔色はしても大丈夫とは言い難《がた》かったが、声の調子《トーン》は元に戻《もど》った。体育館でのときよりは、だいぶマシそうで。

「……あの、藤堂さん」

「何？」

「え…と、その……」

わずかに哲史が口ごもった。

――そのとき。

ノックもなく、いきなり保健室のドアが開いた。ひどく荒々《あらあら》しい音を立てて。

「れ……蓮城君？」

突然の侵入者《しんにゅう》に、井川の声がそれと知れるほど裏返る。

（なんで、蓮城？）

思わず、藤堂もドキリとした。

「哲史は？」

端的《たんてき》に一言。

翼は、相手も場所も選ばない。おそらくは、時間も――だろうが。

（相変わらずゴーマンかましてんなぁ）

もはや、ため息も出ない。

超絶《ちょうぜつ》美形のカリスマには、傲岸不遜《ごうがんふそん》がよく似合う。そうでない翼など、いまだかつて一度も見たことはないが。

愛想《あいそ》のよさと溢《あふ》れる笑顔《えがお》は、双璧《そうへき》の片割れに任せておけばいい。カリスマに求められるのは視界の吸引力と、身が引き締《し》まる緊張感《きんちょうかん》だ。氷点下の絶壁《ぜっぺき》に、誰も癒《いや》しなど求めてはいないだろう。

「あ……杉本、くん？」

しどろもどろな井川の声を遮《さえぎ》るように、

「翼、こっち」

哲史が翼を呼ぶ。

ガツガツと歩み寄る足音とともに、めいっぱいカーテンが全開になる。

(だから、程度ってモンを考えろよ)

つい愚痴《ぐち》りたくなる、常識人の藤堂だった。

だが。そこに藤堂がいるとは予想もしなかったのか、翼は、珍《めずら》しくも驚きに満ちた目で藤堂を見た。

(スゲ……。素《す》でビックリした蓮城の顔って、初めて見た)

それも、一瞬《いっしゅん》のことで。かち合った視線は、たちどころに氷点下《ツンドラ》もどき。その顔つきも、元の見慣れた不遜で塗《ぬ》り潰《つぶ》されてしまった。

「——何？」

ことさらに重低音なのは、不機嫌《ふきげん》MAXなのか。それとも、藤堂に対しての警戒心《けいかいしん》の表れだろうか。

今更、それでビビるような藤堂でもなかったが。

「何が？」

ハッタリではない、眼力勝負。

「なんで、あんたがここにいる？」

目線は、ほぼ同じ。

「それは、俺も聞きたい」

二人ともに互《たが》いの接点を見いだせず、つい、威嚇《いかく》し合う。

それはもう、譲《ゆず》れない意地の張り合いというか、男の本能というか、条件反射というか。もしかしたら、別方向で王道を行く藤堂と翼が初めてガチで言葉を……視線を交《か》わした瞬間の近親嫌悪《けんお》みたいなものだったかもしれない。

すると。

「翼。藤堂さんは、俺のことを心配してきてくれたんだよ」

いっこうに歩み寄りがない――どころか、体感温度を下げまくるだけの睨《にら》み合いにやんわりと水を差すように哲史が声をかけた。

ほぼ同時に、二人が哲史を見やる。

そして、対照的な沈黙《ちんもく》を吐《は》いた。

黒瞳と、青瞳。色違いの双眸《コントラスト》を目の当《ま》たりにして、

（うわ……やっぱ、インパクトあるよなぁ）

藤堂は今更のように息を呑《の》んだ。その色彩《しきさい》の妙にはある種のゾクゾク感があって、ちょっとやそっとでは慣れそうになかった。

「俺がブッ倒れたとき、藤堂さんが助けてくれたんだって」

正確に言えば、ちょっと違うが。そういうことにしておいても別段害はないので、とりあえず、藤堂は否定しなかった。

むろん。これ見よがしに藤堂を押しやって哲史に歩み寄る翼の関心がそんなところにはないのは、一目瞭然だったが。

「大丈夫か、哲史」

口を開けば辛辣《しんらつ》なトーンに彩《いろど》られた毒舌《どくぜつ》針千本な翼とは思えない、およそ普段のイメージからは百万光年かけ離《はな》れた甘やかなトーンで、翼はごく自然に哲史の前髪《まえがみ》を掻き上げた。

（……って、おい……？）

難攻不落《なんこうふらく》な氷壁《ひょうへき》がいきなり溶解《ようかい》したような衝撃《しょうげき》に、藤堂はあんぐりと固まる。

何か、いけないものを見てしまったような――妙な居心地《いごこち》悪さ。

足の裏が痒《かゆ》い……。

そんな気がして、一瞬、目のやりどころに困った。

眼力勝負には負けない自信はあったが、いきなり反則技をカマされたような気がして、どうにも落ち着かない。

「んー……まぁ、とりあえずは。明日になったら、顔、またスゴイことになってるかもしんないけどな」

口調は変わらないのに、トーンだけが、翼に負けず劣《おと》らず柔《やわ》らかい。

――ような気がした。

（こいつらって……。ホントは、どうなってんだ？）

思わず、それを思わないではいられないほどに。

なにしろ、沙神高校のトラブルメーカーズに対する藤堂のイメージは緊急クラス会でのあれがMAXで固定されてしまっているので、そこから抜《ぬ》け出すのはなかなかに難しい。

それは何も藤堂に限ったことではなく、沙神の生徒は皆『ビジュアルの魔力《まりょく》』と『思考の呪《じゅ》縛《ばく》』に嵌《はま》っているのかもしれない。

そうでないのは、たぶん、三人の中学時代を知っている鷹司くらいなものだろう。

なにせ、鷹司は、翼のことを『ハニーなダーリン』呼ばわりにできる豪傑《ごうけつ》である。

それを聞いたときには、あの翼を見て、いったいどこからそんな発想ができるのか――と鷹司の感性を疑い、思わず椅子《いす》からズリ落ちそうになってしまった藤堂であるが。まんざら的外れでもないのかもしれないと、不意に思い知る。

「持ってきてくれた？」

コクリと頷《うなず》いて、翼は小さなケースを哲史に手渡《てわた》した。

「ありがとう」

ケースを受け取ると、哲史は慣れた手つきで左目にコンタクトレンズを嵌《は》め込む。

それで初めて、藤堂はそれが予備のカラーレンズのケースだと知った。

(——なんで？)

疑問は、またひとつ加算されていく。

『なぜ？』

『どうして？』

『何なんだ？』

今日だけで、頭の中は疑問符《ぎもんふ》だらけになってしまいそうだった。しかも、すべてが哲史絡《がら》みで。それを思うと、

(……ありえねーだろ)

すでに、脱力《だつりょく》ぎみな藤堂であった。

カラーレンズを入れた哲史は、いつもの見慣れた『杉本哲史』に戻《もど》った。

そうして。ベッドを出ると、井川の方へと歩み寄っていった。

「先生。お待たせして、すみませんでした。病院に行きます」

その台詞《せりふ》でようやく、藤堂は、哲史が翼を待っていて病院に行くことを渋《しぶ》っていたことを理

解する。先ほどの井川の微妙《びみょう》な含《ふく》みは、このことだったのだろうと。

（まぁ、あの目のままじゃ、やっぱマズイよな）

だが。哲史の言葉に過剰《かじょう》に反応したらしい翼が、ガツガツと井川に詰《つ》め寄る。

「病院って、何？」

俺はそんなこと聞いてないッ。

――とでも言いたげに。

声を荒《あら》げたわけではないのにトーンだけが地を這《は》う。その冷気圧な剣幕《けんまく》にビビりながらも、

「いや……だからね。念のために、きちんと病院で診《み》てもらった方がいいってこと。その方が、杉本君も安心するだろ？」

校医らしく、きちんと主張をすべきことは主張する。

いかに翼でも、正論を持ち出されては勝てるわけがない。それでも、まだ何か言い足りなさそうに口を開きかけた翼に、

「そういうわけだから。翼、ちょっと行ってくるな？」

哲史が軽く手を振《ふ》る。

（なんか、スゲー絶妙《ぜつみょう》なタイミング？）

その瞬間。微妙に顔を強《こわ》ばらせた翼が小さく舌打ちしたのを見て、藤堂は、

『パンピーのくせに最強』

呼ばわりをされる哲史の真髄《しんずい》をほんの少しだけ垣間見《かいまみ》たような気がした。

しかも。たぶんこれはごくごくプライベートな部分で、滅多《めった》に外には漏《も》れてこない類《たぐい》のモノであることも。偶然《ぐうぜん》にもそれを目にできたことを素直《すなお》に『ラッキー♡』と呼べるのかどうかは、また別の話だが。

「藤堂さんも、わざわざありがとうございました」

一言、藤堂に声掛《こえが》けを忘れないのも、すっかりいつもの哲史であった。

「じゃ、君たちも早く教室に戻りなさい。六時間目が始まってしまうよ？」

そうやって哲史と井川の二人が肩《かた》を並べて保健室を出て行ってしまうと、藤堂は、とたんに室内の空気が重くなるのを感じた。

（これって、やっぱり杉本のせいか？）

単なる気のせいではなく、だ。

――と。なぜか、

『パンピーに擬態《ぎたい》した杉本君』

不意に、鷹司の言葉が思い出されて。なるほど、そういうことか――と、妙に納得《なっとく》できてしまった。

ただ遠巻きに見ているだけではわからない、哲史の本質。

（杉本って、ホント、最強なんだな）

それを思って、なにげにこっそりため息を漏らすと。いきなり、翼が振り返った。

「……何？」

「一応、礼を言っとく」

「――は？」

「哲史が世話になったらしいからな」

まさか翼の口からそんなまともな台詞が出てくるとは思ってもみなくて、束《つか》の間、藤堂は目を瞠《みは》る。

（ブッたまげ……。もしかして、今夜は季節外れの台風でもやってくるんじゃねーか？）

今日はなにやら、目からウロコがポロポロ落ちるようなビッグ・サプライズが満載《まんさい》。しみじみ浸《ひた》っていると、今度は、

「――で、聞きたいんだけど」

いきなり、切り返してきた。ここからがガチで本番――とでも言いたげに。

それこそ、藤堂が思い描《えが》いた予測の範疇《はんちゅう》……ではあったが。

そのとき。

タイミングがいいのか、悪いのか。六時間目のチャイムが高らかに鳴った。

――が。ここまできたら、別に焦《あせ》って戻る必要もないかという気になった。

この状態では、どうせ、六時間目の授業など翼も黙殺《もくさつ》だろう。

だったら、この際、溜《た》まりに溜まった疑問を解消するいい機会ではなかろうかと。まともに答えが返ってくるという保証はないが。

「その前に、聞いていいか？」

「何を？」

「おまえ、誰に聞いたんだ？」

まずは、やっぱり、それだろう。

体育館の二年生たちはまだ、授業の後片付けをやっているはずだ。

ましてや、哲史の目のことに関しては一発カマしておいたばかりだし。三年生の誰かが、わざわざ注進に走るはずがない。

なのに、早々と予備のカラーレンズまで持参して翼が駆《か》けつけてくるなんて、あり得ない。

あまりにもタイミングがよすぎる――云々《うんぬん》以前の問題だった。

「バスケ部主将」

「――黒崎？」

藤堂としたことが、肝心《かんじん》な名前を失念していた。

――というより、思いっきりフィールド違いな翼《点》と黒崎《線》をひとつに繋《つな》げることができなかった。

言われてみれば、この場合、それしかない組み合わせだったりするのだが。まったく、ぜんぜん、予測の範疇外であった。

「哲史に頼《たの》まれたって、言ってた」

「コンタクト持って来いってか？」

「そうだ」

（黒崎、パシリか？　杉本もチャレンジャーだよなぁ）

つまりは、それだけ哲史も切羽《せっぱ》詰まっていたということなのだろうが。いったい、黒崎がどんな顔で翼のクラスに出向いたのかと思うと、それだけで好奇《こうき》心がチクチクと疼いた。

いや……。

『市村だけで手一杯《ていっぱい》』

本音ダダ漏れな黒崎に、本気で同情したくなった。

「じゃ、あらかたは黒崎から聞いたわけ？」

それならば、一から話す手間が省ける。

「聞いてねー」

「なんで？」

「哲史のことが気になって、それどころじゃなかった」

ブスリと漏らす翼の眉《まゆ》が、しんなりと寄る。

（ンじゃ、本当にスッ飛んできたんだ？）

それも、ある意味スゴイが。

翼の『三倍返し』がただのポーズでないことは、沙神高校の常識だが。本当に、翼の眼中には哲史のことしかないのだと、改めて思い知ったような気がする藤堂であった。

「……で？　何が聞きたいんだ？」

「哲史の目のこと、体育館にいた奴らにはモロバレになっちまったんだよな？」

「あー。見えてしまったもんは隠《かく》しようがないからな」

束の間、翼は押し黙《だま》る。

翼がいったい何を懸念《けねん》しているのか、藤堂にはよくわかる。だから、翼が口を開く前にサックリと告げた。

「そういうわけだから、一応、一発カマしておいた」

こういう場合、無駄に思わせぶりを気取るのは藤堂のポリシーに反する。たとえ、誰が相手であってもだ。

「……え？」

「あの場合、ただ口止めしといても意味がねーからな。なかったことにできないんなら、あの場に いた奴ら全員、秘密を共有する共犯者にするしかないだろ」

そんなことはまったくの予想外だったのか、翼は思いっきり双眸を見開いている。

——してやったり。

別に、そこまでの確信犯でもなければ、悪趣味《あくしゅみ》でもないが。普段は絶対に見られないだろう蓮城翼の素顔が二度も拝めたのが少しだけ役得のような気がして、藤堂は口の端《はし》をわずかに吊《つ》り上げた。

「杉本が自分から目のことをオープンにする気がない限り、秘密は秘密のままでいい。無駄によけいなことをフイて回る奴には天罰《てんばつ》が下るって言っておいた。それって、もちろん、おまえと市村のことだから。だから、それなりにテキトーに睨《にら》みはきかせておけよ?」

すると、翼は不敵に笑った。

思わず、コンチクショー……と言いたくなるほど、実にサマになる変わり身の早さであった。

これだから、侮《あなど》れない。

只者《ただもの》でない大物の片鱗《へんりん》?

——いや。片鱗どころか、すでに遥《はる》か先まで突《つ》き抜《ぬ》けているのかもしれないが。

「なんだ。あんたも、思ったよりやるじゃねーか。執行部《しっこうぶ》会長の肩書《かたが》きはただのお飾《かざ》りじゃねーんだな」

「おまえに言われたくねーって」

ただのテレ隠しなどではなく、それは、藤堂の偽《いつわ》らざる本音だった。

◆◇◆◇◆

新館校舎。

ひっそりと静まり返った階段の踊り場。

鳴り響く六時間目のチャイムが気になるのか、深紅《しんく》のジャージ姿の黒崎は、

「五時間目、俺たちも体育館だったんだよ」

ほんの少しだけ、ため息まじりにそう切り出した。

だが。事の真相がわかるまで、龍平はまったく引くつもりはなかった。

翼のあいう顔を見てしまったら、もう——ダメだ。何がどうなっているのか気になって、クラスに戻《もど》っても授業なんか頭に入らないに決まっている。

五十分間、そのことばかり考えて苛《いら》つくくらいなら授業に出なくてもいい。

龍平にとっては退屈《たいくつ》な英語よりもこちらの方がよほど重大であり、優先順位は高い。龍平の我が儘《まま》に付き合わされる黒崎には、まったくもって傍迷惑《はためいわく》なことかもしれないが。

「体育館って……。テッちゃんたちと一緒《いっしょ》?」

この時期、二学年男子の体育授業は体育館でのバレーボールだ。

「外は雨だからな。俺たちの授業も体育館に変更《へんこう》になったんだよ。だから、二年とはコートを折半《せっぱん》」

そういうことも、あるのかもしれない。今まで、龍平は他学年とかち合ったことはないが。

「それで二年がバレーのゲーム中に事故って、ケガ人が出た」

事故。

怪我《けが》。

それだけで、フッと血の気が引いた。

「それって……テッちゃん？」

翼の顔つきを思い出すと、手足の先がいきなり冷たくなったような気がした。

「杉本だけじゃないけどな。それで、俺たち三年がケガ人を保健室まで運んだ」

（保健室？）

「ンじゃ、テッちゃん、そんな大ケガとかじゃないんだよね？」

願いを込めて龍平がそれを口にすると、

「唇《くちびる》は切ってたけど、見たとこ、大丈夫そうだった」

淡々《たんたん》と黒崎が言った。

もしかしたら、無駄に龍平を動揺《どうよう》させないようにとの配慮《はいりょ》かもしれないが。それでも、ちょっとだけホッとした。

（けど……でも、だったらなんで、ツッくんは……）

あの顔は、もっと、何かこう切羽詰まってたというか。そんな感じだった。

——いや。

それよりも、根本的な問題が……。

いったい、なぜ？

どうして——翼なのか。

黒崎と翼の接点が何なのかわからない。

いや……そうではなく。二人の共通点は哲史にあるが、そこから先の展開がまるで読めなかった。

「黒崎先輩」

「なんだ？」

「なんで、ツックんなの？」

「……は？」

「テッちゃんが体育館でケガして保健室に運ばれて、ツックんがものすごく心配してるのはわかった。だけど、どうしてツックんなの？」

「どうしてって……。そりゃ、杉本が……」

「テッちゃん？　テッちゃんがツックんを呼んだの？」

「呼んだっつーか、頼まれたんだよ、杉本に」

「何を？」

そこで黒崎は不意に口を噤《つぐ》むと、龍平を凝視《ぎょうし》した。それがあまりにも深刻そうで、

（テッちゃんの頼《たの》み事って、何？　どんなこと？）

龍平の気持ちはまたぞろざわめいた。

「ぶっちゃけ、聞いてもいいか？」

「……何を？」

「おまえら、小学校からの付き合いなんだよな？」

それこそ、何を今更……である。

けれども。黒崎にとっては、そこに外せない何かがあるのだろう。

「そう。小学校の入学式で、ツッくんがテッちゃんに一目惚《ひとめぼ》れして子分にしてやるって言ったから、ついでのオマケで、俺も子分にしてもらったの」

そんな答えはまるで予想もしていなかったのか、黒崎は一瞬《いっしゅん》あんぐりと双眸を見開いた。

「そう……なのか？」

「うん。スゴイでしょ？」

龍平にとって、まさに、あれは運命の出会いだった。ただの冗談《じょうだん》などではなく、だ。

あのときの翼は、まるで天使のように光り輝《かがや》いていた。醸《かも》し出すオーラが、半端《はんぱ》なく凄《すご》かったのだ。

それを口にすれば、他人は『何を大袈裟《おおげさ》な……』と言うかもしれないが。それは、実際にあれを見ていないからだ。

今の翼を見て、究極の可愛《かわい》らしさを想像しろと言っても無理かもしれないが。七歳児の翼は性別を超越《ちょうえつ》した可憐《かれん》さに華《はな》やかさが加味されて、着ているのはごく普通《ふつう》の半ズボンなのにそれはもう絶品の可愛らしさで、教室に入ってきたときからその一挙一動は皆の注目の的だった。

そんな翼がベタベタとしつこくまとわりつく奴に派手な平手打ちを喰《く》らわせ、容赦《ようしゃ》なく蹴《け》りを入れ、ギャーギャーうるさく泣きわめくそいつの頭を上履《うわば》きで引っぱたいてスックと立ち上がった姿は、それはもうメチャクチャ格好良かった。

悪の軍団をやっつける某《ぼう》テレビのヒーローみたいで、龍平はビリビリに痺《しび》れた。

周りは、天使顔に反比例するその強烈《きょうれつ》な個性にこぞって引きまくったが、龍平はもうメロメロだった。

その翼に子分にしてやると言われて、更にズクズクになった。

嬉《うれ》しくて、嬉しくて、毎日学校に行くのがそれはもう楽しくてしょうがなかった。

翼と友達になりたくて露骨《ろこつ》に擦《す》り寄ってくる奴らは掃《は》いて捨てるほどいたが、翼はまったく見向きもしなかった。だから、翼の子分は哲史と龍平だけだった。

その『子分』という言葉が『親友』の同意語であることに気付いたときには、もう、龍平の中で翼と哲史の存在は切り離《はな》せなくなってしまっていたが。

あの日の出会いがあったから、今の自分がある。

入学式という記念日に、一生ものの友人に出会える幸せ。それは、ただのラッキー《まぐれ当たり》ではなく、明日に繋がる幸福の階《きざはし》だった。

龍平は、今でもそれを信じて疑わない。

「そういうの、運命の赤い糸って言うんだよね？」

——それって、違うから。

黒崎は、思いっきり首を横に振《ふ》りたそうだが。

「小学校・中学校・高校もずーっと一緒だから、糸っていうより、もうグルグル巻きのワイヤーロープ並み？　ツッくんなんかテレちゃって、切りたくても切れない腐《くさ》れ縁《えん》……とか言ってるけど」

悲しいかな、龍平にはまったく通じなかった。

「それが、何？」

「いや……その、なんだ……」

らしくもなく口ごもって、黒崎は微妙《びみよう》に目を眇めた。

「だったら、おまえも当然、杉本の目のことは知ってるんだよな？」

とたん。

ドクリ、と。龍平の鼓動《こどう》がひとつ大きく跳《は》ねた。

「テッちゃんの——目？」

その言葉すらもが変に上擦《うわず》った。

そこをクリアしないと先に話が進めないとでも言うように、黒崎の目つきは強い。

「それ……どういう意味？　黒崎先輩、なんで知ってるの？」

負けずに睨《にら》み返すと、黒崎はフッと息を抜いた。

「事故ったとき、杉本、ちょっとだけ失神してたらしくて。それで、目を開けたら——左目だけが青かったんだよ」

（……ウソ）

今度こそ、龍平は愕然《がくぜん》と声を呑《の》む。

「それって……マジなの？」

ドクドクとやたら鼓動だけが逸《はや》って、言葉がおかしな具合に跳ねる。

「あー……。誰かとぶつかったときに左目のコンタクトが飛んじまったんだろうな。みんな、ブッたまげ」

（うわぁ……サイアク）

思わず、龍平は足元を睨む。

それは、マズイ。

——ヤバイ。

そういう展開は、マジで最悪。

「杉本、ぜんぜんそれに気付いてなくてな。そりゃ、やっぱマズイだろって話で、保健室に連れて行ったときに俺が教えてやったんだけど……」

「テッちゃん——なんて言ったの？」

のろのろと顔を上げて、問いかける。

目があった瞬間《しゅんかん》、黒崎は何とも言い難《がた》い顔をした。

（あー……やっぱ、テッちゃん、ショックありありだったんだ？）

龍平がそれと確信するほど、黒崎の表情は硬《かた》かった。

翼と龍平に比べて体格で著しく劣《おと》るものだから、哲史は『貧弱』だの『軟弱』だのと言いたい放題言われているが。普段の哲史は、翼とは別の意味で豪傑《ごうけつ》だった。

芯《しん》が強くて、優《やさ》しい。

上辺だけの八方美人ではなく、無関心の寛容《かんよう》さではなく、嫌《いや》なことでもきちんと自分の言葉で伝えることのできる優しさ。ちゃんと他人の身になって物事を考えられる、優しさ。そういう本当の優しさのことだ。

他人に優しくできるのは、心に余裕《よゆう》があるからだ。だから、無駄に揺らがない。きっちりと自分に向き合っているから、周囲がどうでも流されない。

強くて。

優しくて。

――潔《いさぎよ》い。

そんな哲史が、龍平は大好きなのだ。むろん、翼もそうだろうが。

しかし。

そんな哲史にも、トラウマがある。普段の哲史は、そんなことは微塵《みじん》も感じさせないが。

「蓮城に、予備のレンズを持ってきてくれるように伝えてくれって頼まれたんだよ」

「そっかぁ……。だからツッくん、ぜんぜん余裕なかったんだ？」

話がようやく繋《つな》がって、龍平はどっぷり深々とため息を漏《も》らした。

哲史が事故って保健室に運ばれただけでも驚きなのに、その上、秘密にしていた青瞳のことが皆にバレバレになってしまえば、さすがの翼も焦《あせ》りまくりだったろう。今の自分が、そうであるように。

すると。黒崎は、

「おまえは……いいのか？」

ボソリと言った。

「え……？」

「だから、おまえは保健室に行かなくてもいいのか？」

哲史の様子を見に行かなくてもいいのか？

黒崎は、それを言いたいのだろう。

なぜ、急にそんなことを言い出したのかはわからないが。黒崎には、黒崎の思うところがあったらしい。

「……うん。ツッくんがスッ飛んでいったんなら、いい」

——とりあえずは。

「我慢《がまん》はよくないぞ？」

あまりにも真剣《しんけん》に黒崎がそれを言うものだから、龍平はなんだか、つい……笑えてきた。

「呼ばれてもないのに俺まで押しかけたら、テッちゃん、かえってビックリしちゃうよ」

「呼ばれてないって、おまえ……。そんなこと関係ないだろうが」

黒崎的には、イマイチ納得《なっとく》しがたいらしいが。龍平には、哲史の気持ちがよくわかる。

今の哲史はきっと動揺《どうよう》しまくりで、自分を取り繕《つくろ》ってはいられないのだろう。

龍平は、思っていることがすぐに顔に出てしまうから。心配して、ついオロオロしてしまうから。そんなんだったら、哲史によけいな気を遣《つか》わせてしまうに決まっている。

こんなときは、翼だけの方がいい。

翼だったら、ちゃんと哲史をわかってやれる。

たとえ内心は焦りまくりであっても、それを表情に出すことなく、きちんと哲史を受け止めてくれるはずだ。

中学三年の冬。

高校受験シーズンの真っ直中《ただなか》、哲史の祖母が亡《な》くなった。

哲史の家庭環境《かんきょう》のことで、それまでもいろいろあって。特に高校進学のことでは龍平を巻き込んで、様々な葛藤《かっとう》があって。その果てのことだった。

哲史は、泣かなかった。

いや……。あまりにも喪失感《そうしつかん》が強すぎて、泣くに泣けなかったのだ。

龍平は、それまで頑張《がんば》りに頑張ってきた哲史の心がそれでパキンと音を立ててくずおれてしまうのではないかと、心配で心配で、何も手につかなかった。

だが。何もできないでただオロオロしまくっていた龍平に比べて、翼の行動は実に素早《すばや》かった。葬式《そうしき》が終わった時点で、哲史を強引《ごういん》に自分の家に連れ帰ったのだ。

龍平は、心底安堵《あんど》した。それで、哲史が思いっきり泣けるのだと知って。

翼の父親が哲史の後見人になって哲史が蓮城家で暮らすようになってからの二人には、それだけの絆《きずな》ができていた。龍平にも、それとはっきりわかるほどの。

哲史があの蒼《あお》い目を安心してさらけ出せるのは、今はきっと翼のそばだけだ。

龍平には、龍平の役どころがある。

だから、今は翼だけの方がいい。

「なんか……いつもと逆パターンなんだな、おまえと蓮城」

「逆パターン？」

「そうだよ。蓮城なんか、杉本が事故ったたって聞いただけでザックリ顔色が変わって、人の話も聞かずに背中向けてダッシュしようとしやがったし」

そのときのことを思い出してか、黒崎はものすごく苦いモノを無理やり飲み干したような顔をした。

（そりゃ、まぁ、ツッくんだから）

龍平には、そのときの翼の顔つきが容易に想像できてしまう。

翼は自分が生傷をこさえようがまるっきり無頓着《むとんちゃく》なくせに、哲史の指に小さな切り傷を見つけただけでも大騒《おおさわ》ぎをするのだ。

擦《す》り傷や青アザはもちろん、打撲《だぼく》に突《つ》き指などの生傷の絶えない体育会体質な龍平は、

「そんなの、舐《な》めとけば治るってば」

いたって大雑把《おおざっぱ》だが。翼は、自分の知らないところで哲史が傷を負うのが嫌なのだ。我慢できないのだ。

翼をダシにして、哲史に嫌がらせをする腐《くさ》れバカな連中が絶えないからだ。

はっきり言って、そんなことまで翼が責任を感じる必要もないのだが。哲史だって、何度もそう言っているのだし。

けれども。翼は、自分の名前を引き合いに出されて哲史の身体《からだ》に小さな傷ひとつでも付くのが、投げつけられた言葉で哲史の心が少しでも傷つくことが大嫌《だいきら》いで、我慢できないのだ。

それがわかっているから、哲史は翼が公言する『三倍返し』には何も言わない。

許せないことを『許せない』と主張する翼の気持ちを、誰よりもよく知っているから。だから、よけいな口は挟《はさ》まない。龍平が、ときおり大魔神《だいまじん》に変貌《へんぼう》するのも同様に。

そんな哲史を、

『喧嘩《けんか》に負けた腹いせに仕返しを頼《たの》んだ卑怯《ひきょう》者』

呼ばわりにする奴らは、絶対に許してなんかやらない。

視界の端《はし》にも、入れたくない。

そんな奴らはウザイだけだから、部屋の隅《すみ》っこでひっそり腐れていればいいと思うのだが。

学校側としては、それでは困るらしい。

そのために緊急クラス会をやって、一応のケジメは付いたが。

「当然、杉本のことを知ったら蓮城みたくスッ飛んでいくだろうと思ったおまえは、妙に落ち着き払《はら》って不気味っていうか、いつもと違って変に達観しちまってるし。そういうのって、なんか変……っていうか。いつもとは真逆で見てる方が落ち着かない気分になってくるだろ? どうしちゃったんだ、おまえら……みたいな?」

どさくさに紛《まぎ》れて、黒崎はさりげに失言をブチカマしている。

つまりは、そういうことにも気が付かないほど、黒崎もいつになく浮《う》き足立っているということなのかもしれない。

——なぜ？

——どうして？

黒崎にとって哲史は、そこまで感情を揺らすほどの対象ではなかったはずだ。

ぶちまけて言ってしまえば、バスケ部にとっては目の上のタンコブ——かもしれない。龍平が本マジでキレるのは、いつでも哲史絡みだからだ。

一番好きなのは、哲史。

二番目に好きなのは、翼。

三番目が、バスケ。

その優先順位は変わらない。何があっても。誰に、何を言われても。

他人に何かを言われてグラついてしまうような、そんな半端《はんぱ》な気持ちではないのだ。

だから、自分が『絶対に許せない』と言っただけでバスケ部を辞《や》めるの辞めないのと大騒ぎをしていた女子部の一年の気持ちが、龍平にわからない。——わかりたくもない。

本当に好きなら、たいがいのことは頑張れる。

譲《ゆず》れない気持ちがあるなら、他人のことなんか関係ない。

結局、退部してしまったらしいが。何を言い訳にしても、バスケに対してはそれだけの気持ちしかなかったということなのだろう。

「じゃあ、黒崎先輩は……どう思ったの？」

「どうって、何が？」

「テッちゃんの蒼い目」

「――え？」

そんなことを問われるとは思ってもみなかったのか、黒崎は、しばし絶句した。そして、マジマジと龍平を凝視《ぎょうし》して、

「そりゃ、やっぱりブッたまげ……だろ。事故って動転してたから、その上、更に予想外のアクシデントっていうか」

慎重《しんちょう》に言葉を選ぶように、それを口にする。

「片目だけ色違いってのが妙にインパクトありすぎで、半分固まってたも同然？　杉本、完璧《かんぺき》にヨレてて素《す》が丸出しっていうか……。なんか、上手《うま》く言えねーんだけど、そんな感じ？」

思ってることが上手く言葉にならないもどかしさ……みたいなものが、黒崎の顔つきからも透《す》けて見えた。

だが。黒崎の言わんとすることなら、充分《じゅうぶん》、龍平にも通じた。

（蒼い目のテッちゃんって、ぜんぜん、まるっきりいつもと雰囲気《ふんいき》違うし？）

黒崎が感じているだろう戸惑《とまど》いが、よくわかる。

髪型《かみがた》ひとつで人のイメージは一変する。選ぶ服装によっても。それが目の色であっても、同じことだ。

哲史というコアな部分は変わらないのに、目の色が違うだけで印象は激変する。

その双眸の色合いも、見る者で受け取り方が違う。

龍平は絶対に海の碧色《あおいろ》だと思うのに、翼は空の色だと主張して譲らないのだ。

綺麗《きれい》な、美しい——蒼眸《ツイン・ブルー》。

翼と龍平は最初から哲史の青瞳を見てしまったから、一目で魅《み》せられてしまったが。黒瞳であることが当然という刷り込みが入った黒崎たちが目にした片色違いの哲史の目は、相当なインパクトがあったのだろう。

だとすれば、その後始末が厄介《やっかい》だ。

(それって、誰も、何のフォローもしてないってことだよね。そっちの方が、マジでヤバイって気がする)

龍平が、思わずそれを思ってしまうくらいには。

「ねぇ、黒崎先輩」

「なんだ？」

「お願いがあるんだけど」

改まって龍平にまで『お願い』をされるとは思ってもみなかったのか、黒崎は、半ばドギマギと目をしばたたかせる。

「な——何？」

「体育館にいた三年生に、ちょこっと口止めしておいてくれない？」

その言葉を反芻《はんすう》するように、黒崎は、一瞬——押し黙《だま》った。

「バレちゃったものは、もうしょうがないけど。でも、ちょっと、いろいろ込み入った事情があって、あんまりオープンにしてもらいたくないんだよねぇ、俺たち」

俺たち——をなにげに強調する龍平は、もちろん確信犯である。

「やっぱり、今はタイミング的に最悪でしょ？」

「ゲタ箱レター……か？」

「——ていうか、モロモロ？」

それでなくても、あれやこれや言われているのだ。

表面上、一応のケジメが付いたとはいえ、誰が、どこを、どう見ても、一年生の哲史に対するこだわりが綺麗に払拭《ふっしょく》されたとは言い難《がた》い。その上、更にこれ以上のスキャンダルは絶対に避《さ》けたい。

緊急クラス会での一年五組の、あの独善的で歪《ゆが》んだ刷り込みが入っているとしか思えない連中の顔つきを見てしまったから。おまえら何様——的な、頑《かたく》なな本音を聞いてしまったから。たとえくだらない噂の類《たぐい》であったとしても、あいつらだけには、もう二度と哲史の『て』の字も口に出させたくない。

普段の龍平は、他人を嫌《きら》うよりも他人の良いところを見つけて、それで自分も哲史みたいに人に優《やさ》しくできる人間になりたいと思っている。しかし、一年五組に対するイメージは最悪であった。

「俺たち、これ以上、テッちゃんによけいな負担をかけたくないんだよね」

それが、偽《いつわ》らざる龍平の本音だった。むろん、そのことに関しては、翼もまったく異議はないだろうが。

「だから、黒崎先輩から、チョビっと言っといてもらえない？」

そのチョビっとが、問題……。

龍平の『チョビっと』は、パンピーの『チョビっと』とは『チョビっと』の意味もスケールも違う。それは黒崎の……というより、もはや沙神高校の常識であった。

「なんなら、俺とツッくんの名前、重石《おもし》代わりにどうとでも使っちゃってくれていいから」

それは、逆の意味で怖《こわ》い……。

――と、黒崎の顔にデカデカと書いてある。

それでも。黒崎には思うところもあるのか、

「……わかった。おまえの期待通りにやれるとは断言はできんが……とりあえず、やっとく」

やけにキッパリと言い切った。

「ありがとぉ」

ニッコリと笑う龍平は、いつもの見慣れた龍平だった。それはそれで、いつになく、なんか

不気味……などと、頭の隅《すみ》でチラリと思ってしまう苦労性な黒崎であった。

◆◇◆◇◆

そのとき。

体育館でのアクシデントと予想外のオマケというには過ぎるほどの真実に遭遇してしまった二年生男子は、六時間目のチャイムが鳴り終わっても、どっかりとロッカールームに座り込んだままだった。

出るのは、どっぷりと重いため息だけ。

マジ……ビビった。

とにかく——メチャクチャ疲《つか》れた。

そのあとは、ただひたすら、

『唖然《あぜん》』

『呆然《ぼうぜん》』

『——ブッたまげ』

それに尽《つ》きた。

執行部会長《藤堂》に念押しをされるまでもなく、体育館でのオ、マ、ケのことは口外無用——である。そんなことは、当然の常識であった。

あの青瞳が目にチラついて、何とも言えない気持ちになるが。

杉本って、ホントは帰国子女？

何分の一か、外国の血を引いているとか？

なんで？

どうして？

どうなってんだ？

そんなふうに。考えれば考えるほど、いろいろ興味は尽きないが。あれやこれやで、好奇心《こうき》はドカドカ湧《わ》いて出るが。

けれども。

誰だって、命は惜《お》しい。

いや……冗談ではなく。哲史のことになると本当に半端《はんぱ》なく容赦《ようしゃ》がないのだ、翼と龍平の二人組は。

要《い》らぬことを口走らなければ、平穏《へいおん》は保たれる。平穏でありさえすれば、必然的に別のお楽しみも付いてくる。

とりあえず、卒業までつつがなく……。

誰も口に出す者はいないが、二学年の暗黙《あんもく》のスローガンはそれに尽きる。

それから、誰が――ともなくフラリと立ち上がって。誰が言うまでもなく、釣《つ》られるようにゾロゾロと出て行った。

◆◇◆◇◆

一方、二年三組の女子たちは。

男子がクラスに戻ってくるのを、今か今かと待ち構えていた。

なぜなら。六時間目の授業を受け持つ現代国語の教諭から、体育館でのアクシデントを伝え聞いたからだ。

――ウッソーッ。

――マジでぇ？

――ホントにホント？

ひとしきり、ざわめいて。

……どよめいて。

それで、ようやく。五時間目休みの、翼と龍平の奇異《きい》な行動が納得《なっとく》できたような気がした。

――あれって？

――やっぱり？

——そうなんだ？

怪我《けが》人が出て病院に運ばれたのが何人いるのかは、わからないが。女子たちは、その中の一人が哲史であることを確信しないではいられない。

——杉本君は？

——市村君は？

——蓮城君は？

いったいぜんたい、何がどうなっているのか。

何もわからないということが、もどかしくて。

早く、情報が欲しくて。

それを思うと気もそぞろで、当然、授業などまったく耳に入らなかった。

＊＊＊＊　Ⅳ　＊＊＊＊

新館校舎、二階。

六時間目も、ずいぶん過ぎて。

（さすがに、ジャージのままはマズイかな）

ひっそりと静まり返った廊下《ろうか》を、ことさらゆっくり歩きながら。

（途中《とちゅう》で戻《もど》るより、いっそチャイムが鳴り終わるまで待つべきだったかかな）

ときおり、藤堂は視線を泳がせる。

今更、あれこれと言い訳を考えるのも鬱陶《うっとう》しくてならない。

だが、何か言わなければ収まりがつかないだろうし。

はて。

さて。

——どうする？

そんなことをつらつらと考えながら藤堂が自クラスに戻ってくると。なぜか、三年五組は自習だった。

（……マジ？）

ホッと気が抜けたというより、思いっきりの肩透《かたす》かし。

朝から体調不良の絶不調だった数学担当の神谷《かみや》が、昼休みを待たずとうとう病院送りになった──らしい。

（井川先生、今日はホントに大忙《おおいそが》しだったんだな）

そこへもってきて、最後のトドメが異様に目の据《す》わった翼との接近遭遇《そうぐう》では、さぞかし疲れたことだろう。あんまり、人のことは言えないが。

体育館でのアクシデントのことはすでに女子にも伝わっているらしく、藤堂がジャージ姿でも大幅《おおはば》に遅刻《ちこく》であっても、

「お帰り、藤堂君」

「大変だったねぇ」

「お疲れさまぁ」

口々にねぎらう声はあっても、別段、奇異な視線では見られなかった。

その一方で、事の真相を知る男子たちはチラチラと藤堂を見やっては何事かヒソヒソと囁《ささや》き合い、見るからにソワソワと落ち着かない。

そんな中。いまだにジャージのままなのは自分だけかと思っていたら、なぜか、黒崎もそう

だった。

「よぉ、お疲れさん」

自席に戻るより先に、黒崎に一声かける。

「おぅ。おまえもな」

上目遣《うわめづか》いに藤堂を見やって、黒崎は軽く顎《あご》をしゃくる。

何事か話があるらしいことを察して、のっそりと立ち上がった黒崎のあとについて教室の最《さい》後尾《こうび》まで歩く。

それだけで、男子の露骨《ろこつ》なざわめき……意味不明な唸《うな》り声もどきのウェーブが立った。

何事？

――ばりに、女子が顔をしかめて振《ふ》り返っても。それで、ジャージ・コンビの足が止まることはなかったが。

「いやに遅《おそ》かったな」

言外に『今頃《いまごろ》まで、どこで、何をやってたんだ？』の含《ふく》みが混じる。

「保健室で、蓮城とバッタリ鉢合《はちあ》わせしちまったもんでな」

別に隠《かく》すようなことではないので、藤堂はサックリと答える。

とたん、黒崎の眉根《まゆね》が寄った。

「そりゃ、災難だったな」

あの形相の翼と鉢合わせでは、さぞかし、藤堂の胃も痛んだだろう。

——そう思ったのだが。

「そうでも、ない」

サラリと返された藤堂の言葉は思いがけないものだった。

「なんで？」

「素《す》で余裕《よゆう》のない蓮城なんて、初めて見ちまったからな。あいつもただの十七歳なんだなぁ…

…とか思ったら、けっこう役得？」

冗談なのか。

本音……なのか。

相変わらずのポーカーフェイスからは、イマイチ読めない。

とにかく、翼と鉢合わせならば藤堂にはすべての事情は伝わったということだけは間違《まちが》いなさそうなので、黒崎的には肩《かた》の荷が半分下りたも同然だった。

「そういうおまえは、何？」

「何が？」

「なんでジャージのままなんだ？　蓮城、チャイムが鳴る前に駆《か》け込んできたぞ。だったら、着替《きが》えるヒマくらい、あったんじゃねーのか？」

——と。黒崎は、ぐったり疲《つか》れたようにため息をついた。

「あのあと、市村に捕《つか》まったんだよ」

もう片方の肩の荷は、思った以上にデカかった。

「市村？　なんで？」

「杉本のクラスで蓮城と鉢合わせしたらしい。そんで、血相変えて追いかけてきた」

「はぁぁ……。あいつらのシンパシーって、ホント、侮《あなど》れないよなぁ」

まったくである。それが龍平の言うところの『赤い糸』なのだとしたら、黒崎としても笑うに笑えないが。

切っても切れない、ワイヤーロープ並みの腐《くさ》れ縁《えん》。

それはそれで大変そうだが、赤い糸伝説よりは随分《ずいぶん》マシかもしれない。

「じゃあ、市村にも、全部バレバレなわけだ？」

「そういうこと」

「こっちも、蓮城に詰《つ》め寄られて時間くっちまった」

「俺は、六時間目欠席の言い訳を、おまえがテキトーにでっち上げてくれることを期待したんだけど？」

そこで、二人の視線が妙に絡んで。どちらからともなく出たため息で、ハモる。

「お互《たが》い、相手が悪かったよな」

「六時間目が自習で助かった」

強制ボランティアに対する、ささやかな見返り？

それも、なんだかなぁ……という気がする二人だった。

「けど、市村、蓮城みたいにスッ飛んでこなかったよな」

ふと、思い出したように藤堂がそれを口にする。

「市村には、市村なりの優先順位があるらしい」

「市村の最優先って、杉本じゃねーのか？」

なにしろ。

『一番好きなのはテッちゃん♡』

誰の前でも、正々堂々と宣言して憚《はばか》らないのだから。今更、優先順位も何もないのではないかと、思わず首を捻《ひね》らずにはいられない藤堂であった。

「いや、だから、それとは別口……だろ」

「別口？」

（そんな別口を作れるほど、市村の思考回路って複雑怪奇《かいき》だったか？）

とりあえず、口に出さない限りは暴言でも失言でもない。たとえ、イマイチ納得《なっとく》はできなくても。

「市村的には、事情がわからなくてテンパってるのは蓮城だから、自分は状況《じょうきょう》をキッチリ把握《はあく》しておきたいってことだったみたいだ」

「へぇー……いつもとは真逆のパターンだな」

「そうなんだよ。だから、あいつらってわかんねーな……とか思っちまって」

部活の先輩として一年間みっちり付き合ってきた黒崎がそれを言うのだから、今日、初めて翼とまともに言葉を交《か》わした自分が彼らの関係に戸惑《とまど》うのも当然のような気分になった。

この先、今日のようなアクシデントが度々《たびたび》あるとは思えないし？

あっても、困るが。

「どっちにしろ、杉本のことになると一発でスイッチが入るのだけは間違いないな」

「まぁ、な」

それで、小事も大事になる。そこまでは言わないが、何らかのケミカル反応が起こってしまうのは間違いない。

今回のことは、珍《めずら》しくも翼絡《がら》みではないから大丈夫。そう思っていたら、まったく、ぜんぜん……甘かった。

激震《げきしん》の余波は、思わぬ方向に回ってきてしまった。

しかも。本震の衝撃《しょうげき》よりも、そのあとの余震《よしん》の方がデカかった。そんなことは、滅多《めった》にない珍事《ちんじ》である。

自分たち三年はまだ傍観者を気取っていられるが、当事者である二年生は大変だろう。血相の変わった翼と目の据《す》わった龍平とのダブル・パンチだ。

「けど、あれだな。リアルに実体験しなきゃわからないこともある」

「……そうだな」

「それで、何がどう転ぶのかはわからねーけど」

「俺たちにできることってのは、限られてるからな」

「それでも、気が付いただけマシ」

最終学年になってというのが、ビミョーなところなのだが。それだって、こんな珍事が起こらなければ見過ごしになっていたかもしれない。だとすれば、まだ遅くはないということなのだろう。

黒崎と藤堂が顔を突き合わせて密談……というのも見慣れない光景だからか。

――急に、どうしちゃったんだろ。

――なんで、藤堂君と黒崎君？

――違和感ありありなツーショットだよねぇ。

――二人だけジャージのままっていうのが、妙に意味深？

女子たちはそれなりにさりげにチェックを入れつつ、かまびすしい。

「――で、な」

口慣らしはそれで済んだとばかりに、黒崎がいきなりトーンを落とす。

「市村からの頼まれごとなんだけど」

「なんだ？」

「三年組に、口止めしといてくれないかって」

「杉本のあれか？」

「市村が言うには、バレたものは仕方ないが、いろいろ込み入った事情があってオープンにしたくないんだと」

龍平からそれを頼まれたときには、とりあえず『ＯＫ』とは言ってみたが。それをやるにも六時間目が終わってからでないと難しい。特に、六組は……。

もしかしたら、口止めする前に誰かが漏《も》らしていないとも限らない。それを思うと、眉間《みけん》の深ジワが取れない黒崎であった。

「もう、やった」

「はぁ？　やったって……何を？」

「だから、よけいなことをフイて回るなって。自分の言動にはキッチリした自己責任がついて回るってことだよ。ルール違反《いはん》には、漏れなく蓮城と市村っていうハイパー・スペシャルなペナルティーが付いてくるってことを忘れるな——だろ」

「……マジでか？」

黒崎は呆気《あっけ》にとられる。

自分たちの名前を重石《おもし》代わりに使って構わないと言った通りのことを、すでに藤堂が先取り

していたことを知り、

（市村と藤堂の思考パターンって、似たり寄ったりか？）

つい、そんなことまで思ってしまった。

「和泉が、一発派手にカマしとけって言うからさ。やっぱ、どう考えてもタイミングが悪すぎだろ？」

結局。思うことは、誰しも同じなのだろう。

これ以上のスキャンダルは望まないという以前に、もういいかげん、くだらない噂話《うわさばなし》から哲史を解放してやりたいという……。

黒のカラーレンズに隠《かく》された、青瞳《ブルー・アイズ》。それがただのファッションなら、話はもっと、ずっと簡単なのだろうが。

「そうか。和泉がなぁ……」

「わかってる奴はちゃんとわかってるんだって、俺的には、ちょっとホッとしたけどな」

言えば、それに尽《つ》きる。孤軍奮闘《こぐんふんとう》するより、やはり、援軍《えんぐん》はあった方がいい。あの二人組がどう思っているのかはわからないが。

「ンじゃ、とりあえず、こっち側は大丈夫ってことだよな」

「ここまできて、蓮城の三倍返しを喰《く》らいたい奴がいるとは思えないけど？」

一年組をさんざん『能無し』呼ばわりをして。名指しで『うすらバカ』だと扱《こ》き下ろしておいて。今更、それを実体験したがるド阿呆《あほう》はいないだろう。

「人の不幸は蜜《みつ》の味……つーのも、いいかげんどこかで断《た》ち切るべきだと俺は思うけどな」

そのための踏《ふ》み絵があの青瞳だとしたら、黙《だま》っている価値は充分《じゅうぶん》あるように思えてならない藤堂であった。

◆◇◆◇◆

その日。

六時間目終了のチャイムが鳴ると同時に、龍平はサックリと席を立って教室を出た。

そして。いつもよりはサクサクとした足取りで三組までやってくると、廊下の窓越しにザッと視線をやる。

それだけで、妙にざわついていた三組の男子も女子もドッキリ視線を跳《は》ね上げて、ギョッと顔を引きつらせて——沈黙《ちんもく》した。

(テッちゃん、まだ戻《もど》ってきてない)

ほかにも歯抜《はぬ》け状態になっている席はあるのだが、当然のことながら、哲史モードになっている龍平の視界には入らない。

(まだ保健室?)

それだけ確認《かくにん》すると、今度は翼のクラスである七組まで一気にガッガッと歩いていった。黒崎には強がって見せたけれど、そうしなければ心の奥までざわついてしまいそうで。

通常、龍平の足は三組止まりである。

擦《す》れ違《ちが》いざまに挨拶《あいさつ》はするが、それだけ。それ以外のクラスには滅多に顔を出さない。だからこそ、ランチタイムの至福を謳歌《おうか》する三組の女子は他クラスの女子にとっては羨望《せんぼう》と嫉妬《しっと》の対象なのである。

そんな、滅多にない眼福に、

「エーッ、市村君?」

「どうしたの?」

「なんか、ラッキーかも……」

思わず喜色満面な女子には目もくれず。無駄に愛想《あいそ》を振《ふ》りまく余裕《よゆう》もなく。開け放たれた七組のドアから顔だけ突《つ》っ込んで、

「ツッくんッ!」

龍平は思いっきり呼ばわる。

すると。三組同様、教室内のざわめきは一気に鎮火《ちんか》した。

窓際《まどぎわ》の自席に座ったまま、翼が無言のまま目で促《うなが》す。

誘《さそ》われるまま龍平がガッガッと歩み寄っていくと、まるで入れ替《か》わるようにサックリと教室

から人気《ひとけ》がなくなった。

別に、翼が睨《にら》みをきかせたわけではないが、六時間目の途中《とちゅう》で保健室から戻ってきた翼の無言のプレッシャーがきつくて、チャイムが鳴り終わったとたん、男子も女子も席を立ってしまった——というのが正しい。

そこへもってきて、普段は現れない龍平までやってきたものだから、これはもう、絶対に何かあったに違いない——と。遠巻きに二人を見やって、あちらこちらでヒソヒソとざわめいているのだった。

そんな周囲の思惑《おもわく》などスッパリ無視して。とりあえず、翼の隣《となり》に座って身を乗り出しざま、

「テッちゃんは？」

それを口にする。

「病院」

「……ウソ。ケガ、そんなにひどいの？」

黒崎は『見たとこ大丈夫』だと言っていた。だからこそ龍平も、とりあえずは安心していたのだが……。

「見た目は、そんなでもなかったけど。一応、念のためにってことらしい」

「念のため？」

「哲史、誰かの腕《うで》か足かに顔面をぶつけて、失神してたらしいからな。目眩《めまい》がして、自分で立

って歩けなかったんだと」

藤堂からそれを聞かされたときは、翼も思わず顔面が引きつりそうになった。やはり、井川の言った通り、病院で異状がないかどうかを徹底的《てってい》に調べてもらった方が安心する。

「保健室には、黒崎に背負われて行ったらしい」

「そうなんだ？」

黒崎のドデかい背中に背負われて行く哲史のクッタリとした姿を想像するだけで、今更のように切なくなってくる龍平だった。

「でね、ツッくん。俺、あれから黒崎先輩捕《つか》まえて、いろいろ聞いたんだけど……」

あの状態で龍平がそれをやるのは当然の常識であることを、翼は微塵《みじん》も疑ってはいない。時間の余裕というより気持ちの余裕があれば、翼自身があの場で黒崎の胸《むな》ぐらを締《し》め上げて知りたいことは全部聞き出しただろう。

それが、できなかった。哲史のことが心配で、保健室に駆《か》け込むまで翼は気が気ではなかったのだ。

そしたら。そこには、なぜか藤堂がいて。翼は二重の意味で驚いてしまった。

さすがに、緊急クラス会のオブザーバーとして同席していた上級生を捕まえて、

『おまえ、誰だ？』

などと、言うつもりはなかったし。藤堂が執行部会長であることもきちんと認識《にんしき》していたわ

けだが、理性と感情は別モノである。

いったい、なんで、藤堂《こいつ》がここにいる？

驚きは、すぐに苛《いら》つきに変わった。藤堂が、当然のことのような顔で哲史のそばにいるのが我慢《がまん》ならなかったのだ。

黒崎には感じなかった、奇妙《きみよう》なささくれ感。

睨んでも、平然と睨み返してくるのが気に入らない。

他人の目線……しかも、あんなふてぶてしさ全開なのを間近で意識させられたのは、滅多《めつた》にあることではなかった。

気に入らない。

まったくもって、気にくわない。

まるでタイミングを見計らっていたとしか思えないような哲史の取りなしがなかったら、たぶん、胸ぐらを摑《つか》んで保健室から放《ほう》り出していたかもしれない。

「俺も、だいたいのとこは藤堂に聞いた」

「え？　それって、生徒会執行部の？」

藤堂といえば執行部会長しか思い当たらない龍平は、視線を跳ね上げる。

（なんで、藤堂さん？）

鷹司ならば別だが、自分たちと藤堂の接点などどこにもない。それを思って、首を傾《かし》げる。

「藤堂と黒崎、同じクラスらしい」

「そう……なんだ？　うわ……なんか、濃《こ》ゆいクラスだよねぇ」

さりげに暴言まがいのことを口走る龍平に、他意はない。

執行部会長とバスケ部主将という取り合わせが……というより、ただのイケメンでは収まりきれないワイルド系美形な藤堂とゴール下のダンプカーの迫力《はくりょく》のある黒崎が並んだ様を想像しただけで、とっさに『濃い』イメージが浮《う》かんだだけである。

それを聞けば、藤堂も黒崎も、

『おまえらだけには言われたくないッ』

こぞって顔をしかめるに違いない。

翼も龍平も他人の価値観などにはまったく興味も関心もないが、その見映《みば》えの良さと真逆の大物ぶりでは桁外《けたはず》れの双璧《そうへき》であることに変わりはなかった。

そこらへんの自覚のなさに問題大有り……だったりするのだが。今のところ、あえて、そこを突っ込みたがる命知らずの無謀《むぼう》なチャレンジャーは皆無《かいむ》だった。

「じゃあ、俺が黒崎先輩から聞いたことと、ツッくんが藤堂さんから聞いたことを摺《す》り合わせれば、何がどうなってんのか、バッチリだよね？」

つまりは、そういうことだ。

体育館でのアクシデントは一目瞭然でも、そこに個人の主観が入る限り、実情は違ってくる。

それを又聞《またぎ》きするのだから、話はそれなりにズレてしまうかもしれない。

哲史《当事者》の話はあとでじっくり聴《き》けばいいので、とりあえず、状況《じょうきょう》だけでもキッチリ把握《はあく》しておきたい。

それが、翼と龍平の本音だ。

何と言っても、ただのアクシデントではなく、哲史の秘密《蒼眸》がバレてしまったことが二人にとっても問題ありありなのだった。

ゆっくり。

じっくり。

隙間《すきま》なく。

二人を凝視《ぎょうし》する周囲のざわめきなどきっぱり黙殺《もくさつ》して、翼と龍平の密談は続く。

「なんだ、そっかぁ。藤堂さん、ちゃんとフォローしてくれたんだ？」

翼の口からそのことを聞いて、龍平は露骨《ろこつ》にホッと胸を撫《な》で下ろした。

「さすが、肩書《かたが》き持ってるだけのことはあるよな」

滅多に人を褒《ほ》めることのない……いや、それ以前に、他人には無関心な翼がそれを言うのは極《きわ》めて珍《めずら》しい。

（ツッくん、よっぽど嬉《うれ》しかったんだねぇ）

もちろん、龍平も同じだが。

「よかったぁ」

これなら、わざわざ黒崎に念押ししてもらうまでもなかった。

「鷹司と違って、あいつ、哲史にはあからさまに距離感があったからな」

気のせいなどではなく、だ。

「正直なとこ、藤堂がそこまでやってくれるなんて思ってなかった」

個人的にはどうだか知らないが、執行部会長としては哲史にあまりいい感情を持っていなかっただろう。

生徒会執行部は哲史を贔屓《ひいき》にしているとか、あれやこれや本館校舎では露骨なことを言われていたらしいので、藤堂的には苦々しい思いをしていたのではないかと。

「違《ちが》うよ、ツッくん」

「何が？」

「藤堂さんがあからさまなんじゃなくて、鷹司さんが特別なんだよ」

「はぁ？　なんだ、それ」

自分が思っていることと真逆なことを言われて、翼はしんなりと眉《まゆ》をひそめた。

「だって、鷹司さんは俺たちにとってはただの中学の先輩だけど、テッちゃんには、特別な思い入れがあるんじゃない？」

「……どんな？」

「鷹司さんがやってた生徒会を引き継《つ》いだの、テッちゃんだし」

厳密に言えば、当時の生徒会長は鷹司ではなかったのだが。生徒会長よりもあまりに鷹司の存在感と人気が高かったので、口の悪い連中は、陰《かげ》で、当時の生徒会は『鷹司慎吾のハーレム』などと呼んでいたのだった。

それを言う連中が逆に、モテない男のヤッカミ……扱《あつか》いされていたのを知っていたかどうかはわからないが。女生徒よりも華《はな》やかな雰囲気《ふんいき》のある鷹司が、当時の生徒会の『顔』であったことは否定できない。

「そう、だったか？」

哲史が生徒会長をやったのはもちろん覚えているが、その前任者など記憶《きおく》の欠片《かけら》もない翼だった。

「ウン。鷹司さん、引き継ぎのとき、ほかの奴らに比べてすっごく親切だったってテッちゃん言ってたもん」

──そんなこと、俺は聞いてない。

思わず口にしかけて、束《つか》の間、翼は押し黙《だま》る。聞いていたとしても、たぶん、左から右に聞き流していた可能性が大きいことを自覚して。

龍平がそれを知っているということは、たぶん、そういうことなのだろう。

「入学式のときに鷹司さんが俺たちのクラスの受付やってたの、ツッくん、覚えてる？」

「──覚えてねー」

ブスリと、翼が漏《も》らす。

翼が鷹司の名前と顔をはっきり認識《にんしき》したのは、親衛隊絡みの事件があってからだ。そんな入学式の、しかも受付の上級生の顔なんかまったく記憶にない。さすがに、新入生代表でやりたくもないスピーチをしたことだけは覚えているが。

「鷹司さん、テッちゃんが自分の名前を言う前に『おはよう杉本君』……って言ったんだよ。テッちゃん、ビックリしてたもん」

（そっか……。あの野郎《やろう》、哲史が中学の頃《ころ》から目ぇ付けてやがったのか）

自分の記憶にもないことを、しっかり龍平が覚えていたのがちょっとだけ悔《くや》しくて。その反動が鷹司にまで飛び火してしまう。

いや……。

このところ、やたら執行部コンビの名前が自分たちと込みで派手に語られるようになって、翼的には、

（なんだ、それは……）

──だったものだから、よけいにそう思えてしまうのかもしれない。

「でも、鷹司さんだけじゃなくて、藤堂さんも黒崎先輩も、ちゃんとテッちゃんのことマジで心配してくれているのがわかって、俺、スゲー嬉しい」

ニコリと笑って、心底嬉しそうにそれを口にする龍平だった。

微妙《びみょう》に含《ふく》むところがあるのは、別にして。それは、翼も同感である。

基本的に、他人とツルむことが鬱陶《うっとう》しくてならない翼は誰に弾《はじ》かれようが吊《つる》し上げられようが、まったく気にならないが。哲史は違う。

哲史には、最初からハンディーキャップがあった。

青瞳という、突然変異《とつぜんへんい》。

そのせいで、両親に忌避《きひ》されたという事実。

それに付随《ふずい》する、モロモロの現実。

たったそれだけのことで——とか言う奴らは、実際に自分がその立場に立たされたことがないから、軽々しく『そんなこと』などと言えるのだ。

他人の痛みなど、本当にわかる奴はいない。同じことを体験でもしない限りは。

だったら、

『エラソーな能書きは垂れるなッ』

『気安く同情するなッ』

『人の不幸を面白《おもしろ》おかしく冗談にするなッ！』

——である。

ゆとりだの、平等だの、いくら声高《こわだか》に叫《さけ》んだところで現実に格差はある。謂《いわ》れなき差別もなくならない。

そんなわかりきったことを棚上《たなあ》げして綺麗《きれい》事ばかりを口にする偽善《ぎぜん》者と、自己主張ばかりで何の責任も取る気もない腐《くさ》れバカが、翼は一番嫌《きら》いだ。自分の意見も口にしないで人の尻馬《しりうま》に乗って流される根性《こんじょう》ナシは、論外だが。

哲史が黒のカラーレンズをすると決めた元凶《げんきょう》の中学時代の事件を思い出すと、翼は、今でも腸《はらわた》が煮《に》えくり返る。

高校生が中学生よりも分別があるとは限らない。歳をくったら、理性で自制がきくわけでもないだろう。いまだに哲史によけいなチョッカイをかけて翼の地雷《じらい》を踏《ふ》みまくるクソバカな連中があとを絶たないのは、周知の事実である。

それでも。

きちんと哲史のことを対等な目で見てくれる上級生がいるという事実は、心強い。そういう関係は、作ろうとして作れるものではないからだ。

「ンじゃ、ツッくん、帰りはどうするの？」

「とりあえず、哲史が病院から戻《もど》ってくるのを待つ」

「そうだね。その方が、テッちゃんも安心するよね」

哲史がというより、そうすることで翼が安心したいのだ。

恋愛《れんあい》は、先に好きになった方が負け。

その関係にどっぷり深々と依存《いぞん》しているのは自分の方だと、とっくの昔に自覚している翼だった。

＊＊＊＊＊　V　＊＊＊＊＊

その日の放課後。

いつものように生徒会執行部《しっこうぶ》の定例会を終えて、あらかた人気《ひとけ》がなくなった部屋の中。

パソコンの電源を落として、鷹司がなにげに切り出した。

「藤堂」

「んー？」

パラパラと議事録《ノート》を捲《めく》りながら、藤堂は妙に間延びした返事を返す。ここにきて、さすがに疲《つか》れも一気にピーク……だった。

時間にすれば昼休みあとのわずか二時間に過ぎないのだが、怒濤《どとう》のような濃密《のうみつ》な展開がギュッと凝縮《ぎょうしゅく》されて、気力体力のすべて使い切ってしまった。もう、燃え滓《かす》しか残っていない。そんな感じ。

本音を言えば。今回に限り、定例会もパスしてしまいたいくらいだった。

くったり。

……どんより。

…………へろへろ。

今の気分は、その3ワードで事足りる。定例会中に、堂々と居眠《いねむ》らなかっただけマシのような気がする藤堂だった。

「今日の藤堂たち、ものすごい活躍《かつやく》だったって？」

定例会の進行役を受け持つメリハリのある口調とは違い、素《す》のトーンは相変わらず耳に心地《ここち》よい。疲れ切った脳味噌《のうみそ》にまで染《し》み入るようだ。

藤堂は、わずかに目を眇《すが》めて鷹司を見やる。

（はぁぁ……。今かよ？）

定例会が始まる前は、そんな話題には一言も触《ふ》れなかった。

藤堂的には、顔を合わせたときに、鷹司がすぐにでもその話を振《ふ》ってくるかと思っていたのだが。ちょっと――意外？

だからといって、鷹司がまるっきり無関心でいられるわけがない。事がただのアクシデントではなく、哲史絡みであるからだ。

生徒会執行部が公明正大であるべきなのは言うまでもないことである。どんな理由であれ、どこの誰にも肩入《かたい》れなどしない。

ただ、鷹司本人が哲史を相当に気に入っているのは事実である。

――あの三人の中で、よりにもよって、なんで杉本？

一年前の入学式からこっち、藤堂的にはイマイチ……どころか、どうにもそれが納得《なっとく》できなかったのだが。あえて『最強のパンピー』にこだわり続ける鷹司の気持ちが、その一端《いったん》が、今日のことでようやく見えてきたような気がした。

本質《トラ》と。

擬態《ネコ》と。

――カムフラージュ《パンピー》。

そのボーダーラインがグラデーションで被《かぶ》っているので、なかなか認識《にんしき》できなかった。刷り込みという目眩《めくら》ましもきいていたし。

鷹司の言う『剥《は》がれかかったカムフラージュ』をキッチリ意識できたのは緊急クラス会のときだったが、それでもまだ、本質は読みきれなかった。

だが。今日のアクシデントで、モヤった視界がいきなり晴れた。

言ってしまえば、それに尽《つ》きる。

鷹司の高笑いなど一度も聞いたことはないが、今日ばかりは、なぜか、頭の後ろからファンファーレ付きで聞こえてきたような気がした。

『ほぉら、僕の言ってた通りでしょ？』

その幻聴《台詞》とともに。

――参りました。

藤堂としても、素直に認めざるをえない。

それにしたって。

(このタイミングって、どうよ?)

要するに。鷹司としては、定例会が始まる前に話を持ち出して中途半端《ちゅうとはんぱ》になるよりも、あとでじっくり……。そう思っていたのかもしれない。

「大活躍したのは、主に、黒崎と和泉の体育委員コンビだったけどな」

謙遜《けんそん》でも何でもない。そのものズバリである。

「そうなの?」

「あー。あいつら、妙に手回しがいいっていうか、手慣れてるっていうか……」

あの時点で、救急箱なんかいったいどこから持ってきたのかと思えば、用具室の棚《たな》に常備されていたもの――らしい。体育館が部活のテリトリーな黒崎には、いつも見慣れたモノだったというわけだ。

ちなみに。男子バスケ部の部活では、ちゃんと自前の救急箱を毎日クラブハウスから持参する――らしい。簡単な応急手当てならできるというのだから、藤堂など出る幕はない。

「そういう手際《てぎわ》のよさって、やっぱり、運動部と生傷は切っても切れないから?」

「おかげで、二年が無駄にパニクらなくて済んだ」

井川の受け売りではないが。

いまだショックの醒《さ》めやらぬ顔を強《こわ》ばらせたまま二年の体育委員が、

「ありがとうございました」

「お世話になりました」

「すごく助かりました」

「俺たち、何の役にも立たなくて……」

揃《そろ》って深々と頭を下げにきたときには、さすがに、こんなときでも体育会系は律儀《りちぎ》だなぁ…

…と思いつつ、

『おまえらも頑張《がんば》れよ』

――ばりにエールを贈《おく》りたくなってしまった。

「……で？　どうだったの？」

何が？

――ではなく。

誰が？

――だったりするのは、この場合、当然の常識だろう。

「結局、念のために病院行きだな」

「そうなんだ？」

「けっこう、目眩がひどかったみたいだし」

「床《ゆか》で頭でも打ったの？」

「誰かの手か足かが、飛んできたらしい」

「うわ……聞いてるだけで痛そう」

わずかに顔をしかめて、鷹司がボソリと漏《も》らす。

「たぶん、当分、顔面は青アザじゃねーか？」

「今回は本当にアクシデントだから、しょうがないよねぇ」

ことさらに『今回』を強調するわけではないが、それなりの含《ふく》みは隠《かく》せない。

それもこれも、哲史をサブバッグで一発殴り飛ばした佐伯翔が、あれは故意ではなくアクシデントだといまだに言い張っているからだろう。

実際に翼にシバき倒《たお》されたのは佐伯なのに、その思いもしない凶暴《きょうぼう》さに恐《おそ》れをなして即《そく》不登校になってしまった親衛隊メンバーの根性《こんじょう》のなさもどうかと思うが、自分の非は絶対に認めようとしない佐伯の面《つら》の皮の厚さも相当なものだ。

そういう奴に『一目惚《ひとめぼ》れ』されてしまった翼は憤激《ふんげき》ものだろう。その一目惚れ発言にしても、一種の売名行為《こうい》ではないかとの噂《うわさ》は絶えない。

あんな程度でよく収まったなぁ……とは、上級生の一致《いっち》した意見だ。周囲の空気が読めないバカに、つける薬もないのだが。

そこで、あえて『生徒会執行部』の名前を持ちだした翼のえげつない確信犯ぶりを今更どうこう言うつもりもないが、おかげで散々に振り回されることになった執行部としての立場は微《び》妙《みょう》だ。結局、緊急クラス会のオブザーバーにまで駆《か》り出されてしまったのだから。

何にせよ、哲史にとっては災難続きであることに違いはない。

聞けば、小学生の頃《ころ》から筋金入りのトラブル体質——しかも、ほぼ100%が翼絡《がら》みのトバッチリらしいので、本人も悪慣れしてしまっているのかもしれないが。他人事《ひとごと》ながら、それを思っただけでどんよりとため息が出てしまうのは、もはや条件反射なのかもしれない。

「なぁ、慎吾」

「……なに？」

「上っ面がとんでもなくド派手だとスゲー目眩ましっていうか、今日は俺、蓮城の三倍返しの真髄《しんずい》を思い知ったような気がする」

ただの冗談《ジョーク》ではなく、だ。

「え……？」

——それって、どういう意味？

しんなりと細められた鷹司の目は、問いかける。

藤堂のモットーは『理路整然』である。

意味のない謎《なぞ》かけを振るほど言葉遊びに興味はない。それを知っているから、鷹司としても簡単に聞き流しにできないのだ。

「今日のアクシデントには、もうひとつのビッグ・サプライズがあって。下手《へた》をすると、そっちの方がスキャンダルかもしれない」

「蓮城君が杉本君を心配して保健室にスッ飛んでいって、六時間目をフケたこと？」

「……地獄耳《じごくみみ》だな、慎吾」

ビックリというより、呆気《あっけ》にとられる。

それはまだ、関係者以外は知らないはずの情報である。むろん、明日になれば、いっぱい尾《お》ひれを付けまくって校舎中を走るだろうが。

「だって、藤堂が来る前に、二年の女子がその話題で盛り上がっていたから」

「そう、なのか？」

「普段の蓮城君って何があっても動じないっていうか、そういうイメージがあるでしょ？　だから、よけいに……なんじゃない？　これが市村君なら、みんな、そんなに驚《おどろ》かないのかもしれないけど」

（刷り込みって、やっぱ、侮《あなど》れないよなぁ）

しみじみと、それを実感する藤堂であった。

「俺が言ってンのはそっちじゃなくて、漏れてこないトップ・シークレットの方」

「なに？　藤堂にしては、けっこう意味深な発言だよね」

言いながら、今更のように鷹司は身を乗り出す。

「つーか、マジなんだけど」

藤堂がトーンを低く絞《しぼ》ると、鷹司の顔も微妙に引き締《し》まった。

「おまえ、前に俺に言ったよな。杉本のことでオフレコな話」

だが。思案顔になるのも、ほんの一瞬《いっしゅん》で。

「それって……杉本君の目のこと？」

鷹司はすぐに切り返してきた。

「事故ったとき、杉本の左目……青かったんだ。片方だけ、コンタクトレンズが飛んじまったみたいでさ」

『ウソ』

……でも。

『マジ？』

――でもなく。

さすがの鷹司も、ものの見事に絶句――だった。

まさか、ただのオフレコな話が、今頃《いまごろ》になっていきなり実体化されるとは思ってもみなかったに違《ちが》いない。

「右と左で色違いの目っていうのがインパクトありすぎで、みんな呆然《ぼうぜん》絶句？　おまえにそれを聞いたときは、青い目の杉本なんてまるっきりイメージできなかったけど、間近で見ると大違いっていうか。その青がフツーの青じゃなくて、なんかもう、スゲーの一言でさ」

淡々《たんたん》としゃべっているつもりでも、改めて言葉にするとそのときの感触《かんしょく》が思い出されて、ついよけいな力が入る。

「バレちゃった……ンだ？」

らしくもない掠《かす》れ声で、鷹司はひとつ大きく息をつく。

「そういうこと」

「そっかぁ……。あ、もしかして、だから蓮城君、ものすごい形相してスッ飛んでいったのかな？」

相変わらず、鷹司の読みは鋭《するど》い。

「校医の井川、蓮城の迫力《はくりょく》にビビりまくり」

「藤堂――なんで、そんなこと知ってるの？」

「保健室で鉢合《はちあ》わせしちまったんだよ、俺」

すると。鷹司は、

「――スゴイ」

ボソリと漏らした。

「藤堂と蓮城君のガチンコ勝負なんて、僕もナマで見たかった」

それが本音にしか聞こえないところが、いかにも鷹司……であった。

（慎吾の感性って、ビミョーにズレまくってないか？）

藤堂がひっそりとため息を漏らさずにはいられないくらいには。

「まぁ、それはおいといて——だけど。杉本君にとっては、いつものトバッチリとは別の意味で、ホントに踏《ふ》んだり蹴《け》ったり……だよね」

「特に、時期が時期だしな」

「でも、藤堂のことだから、ちゃんと、何か手を打っておいたんでしょ？」

「打つも何も、緊急クラス会のあれを見ちまったら、とりあえず、一発派手にブチカマすしかねーだろ」

実際には、一歩、和泉に先を越されてしまった感は否《いな》めないが。

「ブチカマしたんだ？」

「蓮城と市村っていう最強なアイテムを使わない手はねーからな。事が杉本絡みなら、事後承諾《しょうだく》でもOKって感じ？」

「そういうブチカマし方ができるのは、藤堂だから……って気がする」

——なんで？

それを問い返すと要《い》らぬ墓穴《ぼけつ》を掘《ほ》ってしまいそうで、藤堂は吐息《といき》ごとゆっくりとその言葉を呑《の》み込んだ。

「俺的には、執行部絡みになるとマズイかな……とか、一瞬、思ったけど」

「それって、今更だから」

和泉に言われるなら、まだしも。鷹司に即答《そくとう》されると、それはそれで、なんだかなぁ……な藤堂であった。

「まぁ、これは、ここだけのオフレコってことで」

「──了解《りょうかい》」

さすがに、こんな話はただのジョークでも外部には漏《も》らせないだろう。

「あー、それと、ゲタ箱レターなんだけど」

「はい？」

「杉本的には、スルーだそうだ」

「……え？」

「だから、五時間目が始まる前、杉本とチョクに話すチャンスがあったから。ちょっと、そのへんのところを聞いてみた」

あまりにもサラリと藤堂がそれを言うものだから、鷹司は、どっぷりとため息が漏れそうになった。

「──何？」

「藤堂って、ホント、直球勝負の男だよねぇ」

意味深を通り越《こ》して、まんま？

（それって……絶対に褒《ほ》めてねーだろ）

思わず、目を眇めると。

「だから杉本君も、正直に答えてくれたのかも」

「はぁ？」

「杉本君の基本って、フェイス・ツー・フェイスのタイマン勝負なんだよ」

（タイマン勝負？　似合わねぇ……）

瞬間《しゅんかん》、それを思って。

（や……だけど、本質がトラだしなぁ）

そういうことも、あり得るかもしれないと思い直す。

「聞かれないことまでペラペラしゃべる気にはならないけど、真摯《しんし》に問われればちゃんとそれなりに答える。それが、杉本君のポリシー？」

「あー……。だから、タイマンなわけ？」

「そう。藤堂の直球は、ちゃんと、杉本君に届いたってことだよね」

そんなふうに言われたら言われたで、なんだか……面映《おもは》ゆくなる。

「選択《せんたく》は二《に》者択一《しゃたくいつ》じゃなくて、価値観の優先順位だそうだ」

「えー……と、それって……」

「ゲタ箱レターを出さずにはいられないのがあいつらの最優先でも、杉本にとってはそうじゃない。だから、手紙を読まないと決めても、それは杉本の中の優先順位であって、あいつらの気持ちまで否定してるわけじゃない。つまりは、そういうことらしい」

それで、間違《まちが》ってはいないはずだ。

清廉潔白《せいれんけっぱく》な言葉の響《ひび》きは、藤堂の脳裏《のうり》にもしっかり焼き付いている。それを語る哲史の、揺らがない信念みたいなものを感じた。

「うわ……それって、なんかスゴイよね。胸の中に、言葉がストン……って落ちてくるみたい」

鷹司の頬《ほお》がわずかに紅潮しているのは、その言葉が持つ響きというか、潔《いさぎよ》さみたいなものを感じるからだろう。

「蓮城の親父《おやじ》が、そんなふうに言ったらしい」

「そう……なんだ？」

「けど、なんで、蓮城なんだろうな？」

「——え？」

「いや。別に、蓮城の親父でもいいんだけど。でも、フツーはまず、自分の親父に相談するもんじゃねーか？」

「藤堂は、そういうことを相談するときは親父さんなの？」

「え……？」

「だから、親父さんとは、そういう青春の悩《なや》みとかをマジで語るの?」

「あ……や……まぁ、そんな語るとかじゃなくて……」

「ハーン……。ふーん……。そうなんだ?」

「なんだよ、その、意味深なリアクションは」

「やっぱ、藤堂って正統派なんだなぁ……って」

とたん。藤堂は、ふと、哲史が同じようなことを言っていたのを思い出す。

「……何?」

「え? いや、杉本が……おまえと同じようなことを言ってたから」

「……そうなんだ?」

「それって、どういう意味なんだろうな」

「だから、まんまじゃない?」

「まんま……なぁ」

「いいんじゃないの? 杉本君に正統派って認められたってことは、ある意味、蓮城君と張るってことだから」

「それは、あんまり嬉《うれ》しくない」

ブスリと漏らす藤堂に、鷹司はクスクスと笑った。

(なんか……デジャヴ?)

今と同じことを言って、哲史に同じように笑われたような気がする藤堂だった。

「ンじゃ、まぁ、そろそろ帰るか」

「そうだね」

(知りたいことは、ちゃんと聞かせてもらったし)

それを思って、鷹司は席を立つ。

(ゲタ箱レターはスルーか……。杉本君らしいって言えば、らしいよね)

だが。それが翼の父親の言葉《アドバイス》だとは、さすがに鷹司も思わなかったが。

(なんで、蓮城君の父親なんだって藤堂が言い出したときは、さすがに、思わずドッキリしちゃったけど)

哲史は翼の家で一緒《いっしょ》に暮らしているのだから、相談する相手も自ずとそうなるだけのことなのだが。それは、哲史の青瞳と同じくらいのトップ・シークレットなのかもしれない。

(でも、そっかぁ。バレちゃったんだ、杉本君の青い目)

藤堂がオフレコな話をあえて持ち出したのは、鷹司が最初にそれを言ったからだろう。哲史の秘密を知っている鷹司には、その真実をそれとなく伝えておいた方がいいと思ったのかもしれない。

(なんか、どういうタイミングなんだろうね)

藤堂の言葉を借りるなら、一発ブチカマしてどうにか収まったようだが。哲史の気持ち的には、たぶん、藤堂が思っている以上の衝撃《しょうげき》かもしれない。

思いもかけない形で秘密のベールが捲《めく》れてしまえば、その隙間《すきま》から次の秘密が漏れてこないとも限らない。それが、ただの杞憂《きゆう》であればいいのだが。

藤堂は——いや、藤堂だけではなく、あのとき体育館にいた連中は青瞳が哲史にとってはトップ・シークレットだと思っている。

哲史にとっても、その青瞳にすべてが集約されてしまうのは間違いのないことだろうが。

それでも。何かと落ち着かない、ただでさえ微妙《びみょう》な緊張感《きんちょうかん》を強《し》いられているこの時期に哲史の秘密が偶然《ぐうぜん》暴かれてしまったことに、鷹司の懸念《けねん》は消えない。

偶然が偶然を呼んで、必然となる。

そんなことは決して願ってはいないが、それがまったくあり得ないことではないような気がして……。

＊＊＊＊＊ エピローグ ＊＊＊＊＊

午後八時少し前。

蓮城家。

『本当に、無理はダメだよ？　哲史君』

電話口の向こうから真剣《しんけん》に気遣《きづか》ってくれる尚貴の声が、素直《すなお》に嬉しい。

「ウン。大丈夫《だいじょうぶ》」

顔面は少しズキズキするし、明日になれば顔の青痣《あおあざ》はもっと酷《ひど》くなるだろうが、そんなことは大したことではない。

『とりあえず、家のことはいいから。今夜は早めに休むんだよ？』

受話機越しであっても聞き慣れた柔らかな声音《トーン》は、変わらない。むしろ、いつもとは違《ちが》う距《きょ》離《り》感《かん》が妙《みょう》に心地《ここち》いい。だから、だろうか。

「はーい」

つい、笑《え》みがこぼれ落ちる。

『じゃあ、ね』

「おやすみなさい」

受話器を置いて、哲史は今更《いまさら》のようにホッと息をつく。

(はぁぁ……。まさか、出張先のお父さんから、ソッコーで電話がかかってくるとは思わなかったよ)

学校内での事故だから、担任から保護者に連絡《れんらく》が行くのは当然。家に帰ってくるまで、哲史の頭からはそんな常識さえもスッポリ抜《ぬ》け落ちていたのだった。

「親父……なんだって？」

翼なりに話の内容が気になるのか、本日の晩飯——小皿に取り分けたピザは尚貴からの電話がかかってきたときのままだ。まだ、一口も齧られていない。

　あれやこれやで、病院では何かと時間がかかって。翼とともに家に戻《もど》ってきたのが七時前。その頃《ころ》にはもう雨が上がっていたから、自転車で下校するには何の問題もなかったが。それから、とりあえず夕食を……と思っていたら、翼が、

「晩飯はピザにする」

さっさと注文してしまった。

普段《ふだん》は、縦の物を横にもしない翼がデリバリー注文……。

(もしかして、雷《かみなり》でも落ちるンじゃないか？)

哲史が半ば呆気《あっけ》に取られていると。正しく、その胸中を察したらしい翼が、

「おまえ、今、暴言まがいなこと考えてただろ」

ジロリと睨《にら》んだ。

そんな、まさか、ハハハ……。翼ってば、考えすぎ。

いつもの哲史なら、ソッコーで切り返すところだが。なんだか、どうも、イマイチ調子が戻らない。

「学校から電話もらったときはビックリして心配でしょうがなかったけど、声を聞いて、ちょっと安心したって」

「……そうか」

「……うん」

哲史的には、出張先の尚貴にまで心配させてしまったことがなんだか申し訳なかったが。

『何言ってるの。大事な息子《むすこ》が事故ったって聞いて、心配しない親はいないよ? 出張中じゃなかったら、電話をもらったときに病院にスッ飛んでいきたい気分だったんだからね』

そんなふうに言われて。

尚貴の口から『大事な息子』という言葉が聞けたこともだが、今まで大した病気も怪我《けが》もしたことがなくて、人のことではあれこれと気を揉《も》んで心配することはあっても心配されることに慣れていない哲史は、妙に面映《おもは》ゆい気分だった。

大事なことは、大切な想《おも》いは、ちゃんと言葉にしなければ伝わらない。

どんなに拙《つたな》い言葉でも、なにげない一言でも、真摯《しんし》な想いのこもった言葉は強い。

——熱い。

胸の奥底まで響《ひび》いて、沁《し》みる。

それを常に地でいくのは龍平だったが、尚貴も言葉を惜《お》しんだことはない。普段は寡黙《かもく》な翼でさえも、きちんと哲史に向き合ってくれている。

何がといって、それが一番嬉《うれ》しい。

「お父さんが帰ってくる頃は、きっと、顔……スゲーことになってるよな」

「まぁ、しょうがねーよ。捻挫《ねんざ》とか骨折しなかっただけマシ」

突然《とつぜん》降りかかってきたアクシデントに重いも軽いもないが、それでも、きっちりと明暗は分かれる。

翼が言うように、あの状態で顔面の青痣だけで済んだのは運がよかったに違いない。青瞳の秘密がバレてしまったことを別にすれば。

だから。翼も尚貴も部活の休憩《きゅうけい》時間に電話をかけてきた龍平も、決して軽々しく、

『大した怪我もなくてラッキー』

などとは口にしない。青瞳に対する哲史のトラウマを知っているからだ。

「なぁ、翼」

「……何？」

「俺、今日は、自分の知らないところでいろんな人にずいぶん助けられてるなぁ……って、思っちゃったよ」

しみじみと、哲史が言う。

それは、翼も否定はしない。突然のアクシデントだったから、思わぬ人間性が垣間見《かいまみ》えてくる。そういうこともあるのだと。

今回、その筆頭といえば間違《まちが》いなく藤堂と黒崎だろう。

実のところ。病院に行って検査を受けているときでさえ、哲史はグダグダと思い悩《なや》んでいたのだ。

バレちゃったよ。

どうしよう。

明日から、どういう顔で登校すればいいのかな。

きっと、いろいろ言われるんだろうなぁ。

……etc。

……………etc。

それが、まさか、自分がヘロヘロのヨレヨレで思いっきりヘタりきっている間にきっちりとアフター・フォローまでやってもらっていたとは、まったく思いもしない哲史だった。翼からその話を聞かされたときには、むしろ、唖然《あぜん》としてしまった。

——ホントに？

——なんで？

——どうして？

思わず双眸《そうぼう》を見開いて、哲史がそれを口にすると。

「見てる奴《やつ》は、ちゃんと見てるってことだろ。それって、やっぱ、おまえの人徳ってやつ？」

翼はなにげにサラリと言い放った。

さすがに『人徳』はオーバーだろうが、二人の幼馴染《おさななじ》み以外にも、ちゃんと自分を見てくれている人がいる。それを思うと、哲史は、なんだか胸の奥がジワリと熱くなった。

『できる奴が、できることをやっただけ』

あのときの藤堂の言葉は、そういう意味もあったのだろうかと思うと。本当に、自分の知らないうちに誰かに支えられているんだなぁ……と思えて。

「それって、やっぱり、スゴイことなんだよな？」

素直に感謝したくなる。

「つーか、俺、杉本のバーちゃんがよく言ってた台詞《せりふ》を思い出しちまった」

「……え？」

「神様はちゃんと見てる——ってやつ」

そんな言葉が翼の口から出てくるとは思ってもみなくて、哲史は驚《おどろ》く。だが、それも一瞬《いっしゅん》のことで、哲史の双眸はほんのりと潤《うる》んだ。

「ウン……。ホントに、そうだな」

いいことも悪いことも、神様はちゃんと見ている。

たぶん、その通りなのだろう。

「でも——ホント、ホッとした」

今更のようにそれを口にして、翼はピザにかぶりついた。

哲史が病院から戻ってくるのを待って、図書館で時間を潰《つぶ》しているときには空腹感など微塵《みじん》も感じなかったが。家に戻ってきた——とたん、腹の虫が鳴った。

だから、ピザ……なのではなく。哲史のことだから、自分の体調のことは後回しにしてキッチンに立つことがわかりきっていたからだ。

(ホントにもう、自分のことになると鈍感《どんかん》もいいとこ。もっと、ちゃんと考えろって)

もう少し、我が儘《まま》になっていい。

もっと、甘えてくれていい。

思いっきり、寄りかかってこいッ!

翼は、そう思うのだが。そんなことを口にすれば、哲史はきっと、途方《とほう》に暮れたような顔をするのはわかりきっている。蓮城の家で暮らしていることが、この家で家族の一員になれたことが自分にとっては最大の幸運だと思っているのが丸わかりだからだ。

本当に欲がない。

それを言えば、哲史は、真顔で否定するだろうが。誰にも哲史を取られたくない——その執《しゅう》着《ちゃく》心が胸の奥底でトグロを巻いている翼にしてみれば、かえって心配でならない。

いつか。

誰かが。

哲史の本質に気付いて自分たちの間に無理やり割り込んでくるのではないか……と。

それがただのバカげた妄想《もうそう》ではないとキッパリ言い切れないのは、哲史の双眸の秘密がバレてしまったからかもしれない。

まぁ、そうなったらなったで、そのときは派手に返り討《う》ちにしてやるだけだが。翼にとっては、譲《ゆず》れない最優先事項《じこう》はたったひとつしかないので。

青瞳の哲史を独占《どくせん》できる至福。

それは今まで、翼と龍平だけの特権だった。けれども、これからは、蒼眸《そうぼう》のインパルスに射《い》貫《ぬ》かれてしまった者たちの存在も無視できない。

藤堂は、年上の余裕《よゆう》をちらつかせて、

『それなりに、テキトーに睨みをきかせておけ』

そう、言ったが。

（やっぱ、ここは本マジでブチカマしておいた方がいいよな）

最初に一発ガツンと喰《く》らわしておけば、あとが楽でいい——などとは思わないが。ペナルティーの存在感はガッツリと誇示《こじ》しておくに越《こ》したことはない。

（どうせ、龍平の奴も何か言ってくるだろうし）

そんなことを思いながらバクバクとピザにかぶりついていた翼が、ふと、哲史を見やると。いつの間にか、ソファーにもたれたまま哲史はクッタリと寝入《ねい》っていた。

ピザも、ほんの一口齧《かじ》っただけ。

さすがの哲史も、食欲よりも襲《おそ》いくる睡魔《すいま》には勝てなかったらしい。

（まぁ、しょうがねーよな）

今日は、哲史にとっては本当にハードな一日だったのだから。家に帰ってきたとたんに緊《きん》張感《ちょうかん》がプッツリ切れてしまうのも当然といえば、当然のことのような気がする。

——いや。

哲史にとって蓮城の家が……自分のそばが一番寛《くつろ》げる場所であるということを再確信して、翼は食いかけの残りを口の中に放《ほう》り込む。

（ンじゃ、とりあえず、ベッドまで直行だな）

指と唇《くちびる》を濡《ぬ》れナプキンで丁寧《ていねい》に拭《ぬぐ》って、翼はのっそりと立ち上がる。

脇《わき》に手を差し込んでも、哲史はまるで目を覚ます気配もない。

「……爆睡《ばくすい》だな」

クスリと笑って、ついでのオマケのようにキスを掠《かす》め取る。

普段《ふだん》は恥《は》ずかしがって、

『絶対に、イヤだ』

お姫《ひめ》様ダッコなんか絶対にさせてくれない哲史だが。今日は——楽勝。

それを思って、翼はゆったりと歩き出した。

あとがき

こんにちは。

のっけからなんですが。はぁぁぁ……。やっと『あとがき』にまで辿《たど》り着けましたぁぁ。

神葉先生、今回は（も？）ホンットに極道《ごくどう》な進行で、申し訳ありませ〜〜んッ！

――と、いうことで。『蒼眸のインパルス』でした（……ぜいぜい）。スミマセン、思わず息切れが……。

なんか、ポヤポヤしてる間に二月も終わってしまいます。あれやこれや、まだ残ってるんですけど（大汗）。

あ……でも。別口のお楽しみはちゃんとありました。

くされ縁の法則④『激震のタービュランス』のドラマCDが、出ます。

聴《き》きどころは、やっぱり緊急《きんきゅう》クラス会？　んー、吉原的には、いつもコンビとしかしゃべっていない執行部《しっこうぶ》の二人が今回は違《ちが》う人とも語ってるところかな（笑）。やっぱり、趣味《しゅみ》に走ってますかねぇ、ハハハ。

いやぁ、でも、今回のアフレコはねぇ、もう大変でした。朝イチから大雪で。大丈夫《だいじょうぶ》か、おい、スタジオまで無事に辿り着けるのか？——という感じで。

雪の中、へっぴり腰《ごし》で怖々《こわごわ》と歩きましたとも。スタジオの中に入って、なんか、どうも歩きにくいなぁ……とか思ってたら、靴《くつ》の裏に氷の固まりが挟《はさ》まってて。思いっきり笑われてしまいましたが。

私、もともとは『ピーカン女』だったんですが。それが、ある日突然《とつぜん》『台風女』になりまして。……で、ついに『雪女』になってしまいました。

東京から帰るときも、寒冷前線の影響《えいきょう》をモロにくらいまして。乗って帰るはずの飛行機が欠航……。ひぇ〜ッ、とか思って、ようやっと〆時間遅《おく》れで帰り着いたら、またも雪……。もう、勘弁《かんべん》してくれよぉぉッ——でした。

おかげで風邪《かぜ》まで引いて、いやぁ、もう踏《ふ》んだり蹴《け》ったり。今年の私の運勢って……とか、マジで思っちゃいました。

そうそう。ついでのおまけ（?）で、『間の楔 II』のドラマCDも出ます。詳細《しょうさい》はいつものように『http://www.mee-maker.com』まで。よろしくお願いします。

それでは、また。

平成二十年二月　　　　吉原理恵子

くされ縁《えん》の法則《ほうそく》 6

蒼眸《そうぼう》のインパルス

吉原理恵子《よしはらりえこ》

角川ルビー文庫 R17-31　　15085

平成20年4月1日　初版発行

発行者――井上伸一郎
発行所――株式会社角川書店
東京都千代田区富士見2-13-3
電話/編集(03)3238-8697
〒102-8078
発売元――株式会社角川グループパブリッシング
東京都千代田区富士見2-13-3
電話/営業(03)3238-8521
〒102-8177
http://www.kadokawa.co.jp
印刷所――旭印刷　製本所――BBC
装幀者――鈴木洋介

ISBN978-4-04-434231-9　C0193　定価はカバーに明記してあります。

超絶美貌のオレ様、蓮城翼。
天然ボケの王子様、市村龍平。
噂の彼らが誰よりも溺愛しているのが、
幼馴染みのパンピー、杉本哲史で…!?
幼馴染み三人が繰り広げる
学園トライアングル・ラブ・バトル!

茅野家長男、陽一。容姿端麗。
茅野家三男、大地。超無愛想。
そして、茅野家次男――広海。
超過激な三兄弟の明るく正しい(?)
学園生活を描く、大人気長編シリーズ!

KADOKAWA RUBY BUNKO

角川ルビー文庫

いつも「ルビー文庫」を
ご愛読いただきありがとうございます。
今回の作品はいかがでしたか?
ぜひ、ご感想をお寄せください。

〈ファンレターのあて先〉

〒102-8078 東京都千代田区富士見2-13-3
角川書店 ルビー文庫編集部気付
「吉原理恵子先生」係

KADOKAWA RUBY BUNKO
Marine ENT.
Le Beau Sound Collection
『恋』は投げられた…ッ!?
原作:吉原理恵子(角川ルビー文庫/角川書店刊)
蓮城 翼 CV.遊佐浩二
学園BLの決定版!
トラブルメーカー3人組、ついにバトルモード突入!!
鷹司慎吾 CV.千葉進歩
藤堂崇也 CV.神奈延年
他
杉本哲史 CV.鈴村健一
市村龍平 CV.野島健児
大好評予約受付中!
くされ縁の法則4
ドラマCD2枚組
DRAMA CD
激震のタービュランス
2008年5月21日発売予定
MMCC-3113
定価¥4,935(税抜価格¥4,700)
吉原理恵子先生ダブル書き下ろし!
★シナリオ&ブックレットミニ小説★
マリン通販初回特典 原作者書き下ろし小冊子
+B2告知ポスター
音声特典 キャストコメント(予定)
発売元 マリン・エンタテインメント 販売協力 ジェネオン エンタテインメント
角川ルビー文庫 大好評発売中!
くされ縁の法則1 トライアングル・ラブ・バトル
くされ縁の法則2 熱情《こい》のバランス
くされ縁の法則3 独占欲のスタンス
くされ縁の法則4 激震のタービュランス
くされ縁の法則5 情動のメタモルフォーゼ
待望のシリーズ最新刊は、2008年4月発売予定!
ILLUSTRATION:RIZE SHINBA
©2006, 2008 吉原理恵子/角川書店
マリン・エンタテインメント URL
http://www.marine-e.co.jp/